1

Perspektive

von
Hakan Cesur

Kurzgeschichten und Erzählungen

Bibliografische Information der Deutschen Nationalbibliothek:
Die Deutsche Nationalbibliothek verzeichnet diese Publikation
in der Deutschen Nationalbibliografie; detailierte bibliografische
Daten sind im Internet über http://dnb.dnb.de abrufbar.

© 2014 Hakan Cesur
Herstellung und Verlag:
BoD - Books on Demand, Norderstedt

ISBN 978-3-73473-451-9

Inhaltsangabe
(Nicht chronologisch)

Vorwort

Achtung, ich ziehe die Hosen runter. Nichts anderes ist es nämlich, es als Nicht-Profiautor zu wagen, ein literarisches Werk zu verfassen und dann in Umlauf zu bringen, besonders wenn man dieses auch an Freunde und Bekannte verteilt. Wenn aber einmal die Hosen auf Kniehöhe sind, gibt es kein Zurück mehr. Gaffen ist angesagt. Nicht immer ist es schön, was man da sieht, aber es ist immer intim und voyeuristisch. Wenn die Dinge aber erst einmal für eine große Menschenmenge entblößt und sichtbar sind, hofft man, dass der Betrachter Gefallen an dem findet, was er da gerade verletzlich und unbeschönigt als die Wahrheit des Autors so rumhängen sieht. Man hofft auf Akzeptanz, weil die eigene Nacktheit mit keiner anderen zu vergleichen ist und weil man bei dieser Art von Exhibitionismus, die jeder Autor, ja eigentlich jeder Künstler, der von sich behaupten kann, authentisch zu sein, nackt und schutzlos seine Tatsachen den Betrachtern vor die Nase hält, ohne dabei selber etwas zu sehen. Was jedoch für Antriebskräfte walten müssen, um seine ganz persönliche Achillesferse zu entblößen, ist jedoch eine andere Frage. Am Anfang waren da nur diese Geschichten, die man beiläufig irgendwo schnell irgendwohin gekritzelt hatte, bis dann die Jahre mit und ohne Schreiben vergingen, und ehe man sich versah, hatten sich doch einige Seiten angesammelt, die es auch vielleicht wert waren, gebunden zu werden. Jedoch hätte ich nie an dieses Werk gedacht und ich hätte mich nie in die Tiefen meiner Seele gewagt, wenn nicht dieses starke Ego des

„Ich will an mich erinnern!"

sich unermüdlich ins Hirn gebrannt hätte. Irgendetwas muss ich doch hinterlassen, mich etwas wichtigmachen, etwas fertigmachen. So in etwa schallte es wahrscheinlich unbewusst durch mein Inneres, also ließ ich die Hosen runter. Auch gut! Wenn das der Antrieb ist, ist es zwar nicht sehr rühmlich, aber effektiv. So kann jeder Leser, der mich kennt, schön das Skalpell herauskramen und mit dem Filetieren meiner Persönlichkeit anfangen. „Wusste ich's doch" und „Hab ich mir schon gedacht" sind dabei meine Lieblingsfloskeln. Die, die mich nicht kennen, die dürfen Charakterstudie betreiben, und die Nacktheit, die sich durch die Geschichten offenbart, objektiver beurteilen, vorausgesetzt, es gibt so etwas wie Objektivität, denn wie objektiv kann man sein, wenn man dem Wandel der Zeit ausgesetzt ist, wenn man mit seinem Leben durch verschiedene Epochen steuert, so vielen Menschen begegnet und soundso viele Erfahrungen macht. Wie naiv kann man sein, zu glauben, die Wahrheiten, die man einst so akribisch aufgetürmt hat, hätten ewig Bestand. Hier gilt immer: nicht nach hinten schauen, das ist nicht die Richtung, in die man geht. Damit aber das da „hinten" nicht in Vergessenheit gerät, sollte man sich hin und wieder etwas notieren oder ein Bild davon machen. So ist dieses Buch, ein Sammelsurium aus Kurzgeschichten, Gedichten, Gedanken und Träumen, entstanden. Es hat über ein Vierteljahrhundert gedauert, bis es vermeintlich fertig war, nicht dass es so lange gedauert hätte, es zu schreiben, vielmehr hat es einfach die Zeit gebraucht zu leben. Ich muss zu meiner Entschuldigung gestehen, dass ich weder ein großer Leser war noch bin, noch weniger mochte und mag ich das Schreiben, doch trotzdem kann ich es jedem empfehlen. Ist das ein Widerspruch? Jein! Das Schreiben entschleunigt, es gibt die Zufriedenheit, auf etwas Abgeschlossenes und Fertiges zu blicken, und es gibt dir später die Erinnerungen an diese Zeit, in der man voller Hingabe eben diese Zeilen notiert hat. Wie der Duft der Wassermelone, der mich an die guten sonnigen Zeiten meiner Kindheit erinnert, oder der Geruch von Linoleum, der meine harte Schulzeit lebendig werden lässt. Man sollte sich die Zeit nehmen, eine Geschichte zu schreiben, ein Bild zu malen oder ein Lied zu komponieren. Man sollte sich die Zeit nehmen, kurz mal anzuhalten, sonst verpasst man das Leben. Hin und wieder hatte ich diese Muße, mich auf meinen Hosenboden zu setzen und ein paar Zeilen zu lesen oder zu schreiben. Und wie schon Hermann

Hesse zu sagen pflegte, dass jedem Anfang ein Zauber innewohnt, haftet auch ein Zauber an jedem Werk, welches abgeschlossen vor einem liegt und man es aus der Distanz betrachten kann … Doch der Anfang bedarf freilich der Danksagungen und Huldigungen jeglicher Art, um den Dingen gerecht zu werden. Aber nach langem Überlegen kam mir keiner in den Sinn, den ich zum Komplizen und Mitverantwortlichen von etwas möglicherweise Langweiligem oder Verstörendem machen wollte, also ist dieses Geschreibsel von keiner Macht befehligt, von niemandem getragen und auch keiner Person gewidmet, sodass es allein für sich steht. Es wird hier eine Flut von Gedanken, momentanen Gefühlen und Bedürfnissen, zusammengefasst in einem Konglomerat der Wahrnehmungen, in manchmal bunten und manchmal wirren Worten, wiedergegeben. Mal in verwinkelten Gassen des Verstandes, mal in den frischen Weiten des Geistes, und zumal in eisiger Bedrängnis der Zeit, fand ich Belege meiner Erkenntnisse. Auf der Wanderschaft durch meine Vergangenheit kam ich sowohl in hohe Gefilde des Geistes als auch in die tiefen Abgründe meiner selbst. So entstand wie aus Puzzlestücken dieses Werk aus vielen kleinen Geschichten zu einem Bild meiner Motive. Es ist das Bild über Glück und Bedrängnis, über Sinn und Wahnsinn.

Hakan Cesur   August 2013

Die Zeit

Dem Flug der Vögel gleich
ist sie jetzt hier
und bald schon Vergangenheit.
Falten und Furchen hinterlassend,
mahnend dem Kommenden
mit seltsamer Gerechtigkeit.
Dem Spiel der Götter gleich zart
und unwiderstehlich,
zieht sie ihre Kreise
ins Zentrum der Ewigkeit.

hc September 2003

14

Unfug

Schon wieder eine rote Ampel, Verkehr, Hektik. Menschen in blechernen Gefährten versuchen dem Asphalt zu entkommen. Letzte Kurve, ein Parkplatz, Abschied von der Liebsten. „Ich komme wieder. Pass auf dich auf!" Wieder in die Menge, kalter Steinboden, gut temperierte Halle, Massen kreuz und quer, trotzdem organisiert, einheitlich, aber beliebig. Hallen, Gänge ohne Grenzen, Kontrollen überall, Widerspruch, der nicht erkannt wird. Die Menschen, geleitet von Anzeigetafeln, reihen sich in Schlangen. Gepäck, viel Gepäck. Alles geruchlos, aber farbig, ja bunt, aber einheitlich bunt. Nichts vergessen? Ticket, Pass, Kreditkarten, Handy; gut, alles Wichtige dabei, alles, was zum Überleben notwendig ist. Schon wieder in die Schlange. Kontrollen, Stempel, Kontrollen, Stempel; „Guten Tag … auf Wiedersehen …". In der Check-in-Lounge wird der Geruch der Kulturen immer deutlicher. Eine intolerante Mischung zwischen Einheimischen und Allerweltstouristen geht durch die Nase tief ins Rudimentäre. Wieder eine Schlange, wieder Kontrollen und wieder „Guten Tag!". Es reduziert sich auf zwei gegensätzliche Kulturen. Abend- und Morgenland in einem Boot, in diesem Fall Flugzeug.

Die einen finden schnell ihre Sitzplätze und breiten ihre Tageszeitungen aus und die anderen suchen immer noch nach der Boardingcard. Ratlos steht das Morgenland in der Gangway und findet seinen Platz nicht. Gepäck wird hastig in Sicherheit gebracht. Gegenseitige Missgunst und Kopfschütteln.

Der Flug: holprig, eng und stickig. Das Essen: geschmacksneutral, unstrukturiert, aber gut verpackt. Die Ankunft in Istanbul: streng, unpersönlich und doch zu Hause. Glänzender Marmor statt Granit. Schon wieder Hektik; Kontrollen, Stempel und Schlangen. Alles dabei? Ticket, Pass, Kreditkarten, Handy. Diesmal kein Warten aufs Gepäck. Tausende Bildschirme zeigen unseren Weg. Unzählige Schilder, Gänge und Rolltreppen. Endlich der Transferflug, diesmal eine kleine Maschine und nur Einheimische. Kein Tourist, da will ja auch niemand hin zu meinem Opa in die anatolische Steppe. Nur Leute wie ich, die nur aussehen, als wären sie Allerweltstouristen, und andere, an deren Gepäck, Geruch und Kleidung man sehr schnell erkennt, dass sie in die Steppe gehören und nicht in internationale Flughäfen. Das merkt man schon daran, wie sie sich in der Enge eines Flugzeuges gegenseitig behindern. Sie sind die Enge nicht gewohnt. Die Weiten und die nur langsam verrinnende Zeit der Steppe sind der Maßstab und nicht wie für die anderen der eigene gut umzäunte Gartenanteil und die Kaffeepause zwischen zwei Terminen. Und genau diese Mentalität erzeugt eine einstündige Verspätung für einen halbstündigen Flug. Am Ende der Reise erwartet die Menschen keine Rolltreppe, kein Fast-Food-Restaurant. Es ist vielmehr wie ein Ankommen an einem Bahnhof, an einem Bahnhof in einem Dorf. Die Koffer sind fein säuberlich übereinander neben dem Flugzeug auf der Landefläche aufgestapelt. Jeder darf auch seinen eigenen Koffer, nachdem er ihn nach langem Suchen entdeckt hat, in die Halle tragen. Hier gibt es keine Stempel, keine Kontrollen. Es gibt nur einen Polizeibeamten, der mit seiner bübisch gerissener Miene jedem prüfend in die Augen sieht. Sofort kommen helfende Hände, die meine Koffer in ein Auto schleppen. In der Zwischenzeit gibt es Tee und eine langsame Zigarette. Dann folgt eine lange holprige Piste bis zu einem Dorf, um dessen Existenz wahrscheinlich nur die Einheimischen und deren Verwandte wissen. Angekommen erwarten mich ein Geruch der Herkunft und eine Umarmung der Abstammung.

Sie steht wieder, die Zeit, sie steht. Alles atmet wieder im Takt der Natur und viel mehr als Natur gibt es hier auch nicht. Kein fließend Wasser, keinen Stromanschluss, kein Telefon und keinen Kühlschrank. Nur warm, wohlwollend blickende Augen aus der Vergangenheit. Hier findet das Morgenland schnell seinen Platz. Nur Allerweltstouristen tun sich etwas schwer, in den Rhythmus der Steppe zu kommen. Alles ist so, wie es war, wie es ist und wie es immer sein wird. Sie werden auch nicht älter. Sie sind wie die Fotos, die man vor Jahren gemacht hat, zwar etwas vergilbt, aber sonst hat sich nichts verändert. Nur an den Kleinsten merkt man, dass Zeit vergangen ist. Geburt, Wehrpflicht, Familie und Tod. Das sind Eckpfeiler des Lebens hier. Viel Zeit für wenige Etappen im Vergleich zu Geburt, Schule, Abschluss, Führerschein, Beruf, Karriere, Heirat, Scheidung, Rente, Tod.

Da reiten wir wieder, Opa und Enkel, als hätten wir in der Zeit dazwischen nichts anderes gemacht, wir reiten über die Steppe wie einst alle Ahnen vor uns. Dabei haben wir nie viel miteinander geredet, nicht wegen der Schwerhörigkeit meines Opas, nein, nur dass Gesten und Blicke hier viel mehr bedeuten als blanke Worte. Und so werde ich wohl der Letzte sein, der hier reitet. Doch wer weiß das schon so genau, vielleicht verschlägt mich wieder irgendetwas hierher, womöglich sogar meinen eigener Enkel. Im Dorf wartet auf uns ein freundlicher Empfang. Zur Feier meiner Ankunft wird ein Schaf geschlachtet und feierlich zubereitet. Die ganze Familie nimmt an den Vorbereitungen des Abendmahls teil. Und viele Freunde und Nachbarn kommen zu Besuch, um den Neuankömmling zu begutachten. Nach dem Essen wird bis tief in die Nacht geredet und Tee getrunken. Ist es das Licht der Gaslampen oder die sanften gedämpften Stimmen all der Leute, die diesen heimeligen Raum mit Mystik erfüllen? Womöglich ist es das große Ornament eines der Wandteppiche, das den Schwager des Propheten Ali zeigt, wie er, das doppelspitzige Schwert schwenkend, auf einem Schimmel galoppiert. Ich beobachte meinen Opa, der ab und an nach seinem Teeglas greift und mit zittriger Hand einen Schluck macht. Immer wieder treffen sich unsere Blicke und jedes Mal bekomme ich ein Lächeln geschenkt. Es ist das Geschenk eines Mannes, der hundert Jahre dieses Leben gelebt hat und nun Vorbereitungen fürs nächste trifft.

Es ist so früh, dass noch die Augen brennen. Drei Tage waren vergangen und ich sitze wieder am Flughafen. Ich trinke zwischen all den Menschen, die wieder zurückmüssen, meinen letzten Tee und bekomme danach meinen ersten Stempel. Schlendernd gehe ich zum Flugzeug und suche meinen Platz. Ich sehe viele bekannte Gesichter, die immer noch nach ihrer Boardingcard suchen und schließlich von der Stewardess auf ihre Plätze gebracht werden. Nach einer erwarteten Verspätung Landung in Istanbul. Es ist wieder so weit. Die bunten Schaufenster der Duty-free-Auslagen sind noch verlockender und bedeutungsloser als bisher. Alle Nationen dieser Erde sind vertreten und tanzen den Tanz der Verlorenen, Wohlhabenden im Rhythmus des Suchenden. Losgelöst und fern der Erde sind sie nur kurz aus ihrem Leben gerissen und in einer Zwischenwelt gelandet, einer Idealwelt, in der es keine Währungen gibt und das Essen aus gut verpackten Pappkartons kommt. Willkommen sind nur die, die mittanzen, und nicht die Desillusionierten, die am Boden sitzen und ihre leeren Pappbecher den anderen hinhalten, um auch am Tanz teilnehmen zu dürfen. Istanbul, tanze nicht den Tanz der Selbstgerechten, nicht mit deinen kaputten Knien. Wenn du fällst, wird dir niemand die Hand reichen. In diesem Tanz steckt rastlose Bosheit, die ihre Grenzen in der gesamten Welt schon längst überwunden hat.

Kontrollen, Schlangen, Maschinengewehre, Stempel, Kontrollen, Security, Stempel … Der Flieger holpert ein wenig, bis er vor dem Anflug in München noch einmal in dicke Wolken taucht. Die Tragflächen rattern und die Triebwerke dröhnen. Zu Hause? Oder einfach nur wieder da? Feucht begrüßt uns der Regen und der kalte Wind meint es nicht böse. Er ist nur immer da. Wie die drei Schwestern, die zur Begrüßung aus dem Haus stürmen, obwohl man sie nicht immer sehen möchte, sind sie immer da. Wolke, Regen und Wind – immer da, wenn jemand empfangen werden soll. Schnell den Kragen hochgeklappt und das Handy wieder eingeschaltet. Warten auf das Gepäck. Dies ist der einzige Moment, sich zu erinnern, wo man war und warum man wieder hier ist. Die Last der Koffer stimmt einen wieder in die Pflichtwelt ein. Doch da, freudestrahlend kommt endlich meine Familie. Wie sehr habe ich euch vermisst, die Umarmung tut so gut. Doch wie sehr werde ich meinen Opa vermissen …

hc Januar 2004

Der Spieler

Er streifte mich mit einem Blick der Unzufriedenheit. Verärgert rieb er mit dem Markiereisen ein Muster auf die Lederspitze seines Queues, kreidete das Leder noch einmal sorgfältig ein und setzte zum dritten Versuch an. Die Zuschauer, Menschen aus der „gehobenen Schicht" der Gesellschaft, hielten nun den Atem an. Es war der letzte Spielzug, der über Sieg oder Niederlage entscheiden sollte. In der von Zigarren- und Pfeifenrauch benebelten Halle schien ein fahles Licht, welches Gesichter zu regungslos steifen Statuen machte. Die Männer waren alle mit einem schwarzen Smoking und einer weißen Fliege bekleidet, schmauchten gemütlich ihre dicken Havannas, hatten viel Gel in den Haaren und wussten, wie man die Frauen mit Small Talk langweilte. Ihre Frauen hatten verschieden bunte Kleider an, die unter diesem Licht wie gräuliche Schattierungen schimmerten. Meist waren die Haare hochgesteckt, die Dekolletés mit viel teurem Schmuck beladen und das Make-up ließ langsam nach, sodass ihre Gesichter glänzten. Ihre Blicke waren sichtlich gelangweilt. Ich rätselte, ob es am Gesprächsthema ihrer Begleitungen lag oder aber am Billard, dessen Regeln sie nie verstanden haben und auch nie verstehen wollten.

Dieses Spiel war kein offizielles Turnier. Es ging nicht wie so oft um irgendeinen Pokal oder Titel, sondern um Geld, und zwar eine ganz Menge. Eine stolze sechsstellige Zahl mit einem Dollarzeichen hintenan. Auch der Austragungsort war seltsam gewählt. Ein so gewaltiges Gebäude wie die Metropolitan Opera schien etwas unpassend für dieses Spiel zu sein. Aber jeder Platz, sogar die Logen waren belegt, natürlich nur für geladene Gäste. Die Reichen dieser Erde, denen sonst das Leben tödlich langweilig war, versuchten sich so eine kleine Ablenkung zu schaffen. Sie spendierten den Preis und ließen sich dieses Spektakel sehr viele Dollar kosten und feierten eigentlich nur sich selbst. Dafür ließen sie die Spieler gegeneinander antreten, die wie Gladiatoren um ihr Leben kämpften. Damit machten sie das Billard salonfähig, eine Spielart, die sonst nur in verrauchten, dubiosen Bars anzutreffen war, genauso wie die, die es professionell ausübten. Für Jack aber, der über seinem Queue gebeugt die Kugeln musterte, war dies ganz und gar keine Ablenkung. Nein, es war sein Lebensinhalt und die Gelegenheit, sein Leben zu krönen.

Jack war ein armer Schlucker. Nichts hatte er je besessen, außer seinen uralten Queue, der auch hier und da seine Schrammen aufwies. Sogar sein eleganter Smoking war nur geliehen. Er war ein Spieler. Sein ganzes Leben war ein Spiel, so sagte er. Ich dachte mir, heute kann er ein Held werden und ganz New York wird ihn feiern wie einen Phönix, der aus der Asche aufstieg. Aber jeder Held hat ein Trauma und ich kannte Jacks Trauma. Lange ist es her, wo er ein glücklich liebender Mann war und sein „Engel" – so bezeichnete er seine Verlobte damals – nie von seiner Seite wich. Sie war eine starke Frau, jung, intelligent, aber manchmal berechnend. Wir wissen alle, dass das Leben oft grausam sein kann. Und so traf Jack die Pranke des Schicksals am 26. April jenen Jahres, als ihn sein Engel verließ, weil er eine Pechsträhne hatte, die nicht aufzuhören schien. Und von da an ging es für Jack nur noch abwärts.

Und nun stand er da, inmitten der sogenannten gesellschaftlichen Elite, der nur der fette Geldbeutel zu einer Stellung in der „High Society" verhalf, und musste das Spiel seines Lebens spielen. Er würde jetzt diesen Stoß machen, der über neun Banden lief. Ja, ich meine genau diesen magischen Neunbänder, der die Krönung jedes Kunststoßes bedeutete, den jeder Spieler beherrschen wollte, aber nur einige wenige wirklich spielen konnten.

Mit einem kurzen, aber wuchtigen Stoß, der sehr viel Rechtseffet hatte, setzte Jack die weiße Kugel in Bewegung. Diese jagte mit einer unglaublichen Geschwindigkeit über das grüne Leintuch an die erste Bande, sprang förmlich die zweite an, als wollte die Elfenbeinkugel sie durchbrechen, um dem Tisch und damit dem Spiel zu entkommen, raste dann aber gezwungenermaßen an die dritte, streifte die vierte und nachdem die milchig weiße Kugel sieben Banden durchlaufen hatte, wurde sie langsamer, als sei sie am Ende ihrer Kräfte angelangt, als würde sie gleich zusammenbrechen und aufgeben. Jetzt würde sich herausstellen, ob die Wucht ausreichen würde, damit die Kugel bis zum Schluss auf der für sie bestimmten Bahn blieb und das Ziel erreichte. Sie rollte noch einmal an die lange, dann an die kurze Bande, stupste die rote und dann schließlich und endlich die orange Kugel an.

Jack hatte sich schon, bevor die weiße Kugel an die erste Bande rollte, zu seinem Tisch begeben und ganz genau gewusst, dass dieser Stoß klappen würde. Als sich die Kugel ihren Weg über den Tisch bahnte, um ihm den Sieg zu bringen, hatten seine treuen, gutmütigen, braunen, aber schon etwas müden Augen nur eine Person fixiert. Sie war da. Ganz oben in der Loge saß sie da. Auch an ihr schienen die Jahre nicht spurlos vorübergegangen zu sein. Sie war jetzt eine reife attraktive Frau geworden. Neben ihr stand ein eleganter Mann, vermutlich der Ehegatte, der sichtlich an dem Geschehen unten auf der Bühne sehr interessiert schien.

Als dieser Stoß nun endlich geglückt war, wurde plötzlich die tote Stille, die bis vor kurzem noch über dem Raum lag, durch die aufschreiende Menschenmenge durchbrochen. Jubelgeschrei und tosender Applaus füllten nun die Metropolitan Opera. Blitzlichter erhellten den Saal. Es war so, als wäre durch diesen erlösenden Stoß in den noch soeben toten Raum wieder

Leben eingekehrt. Alle standen sie und applaudierten. Nur eine saß unverändert auf ihrem Platz, ebenso wie Jack. Er schien sichtlich unbetroffen, thronte an seinem Tisch und genoss seinen Bourbon. Er hatte für diese aufgebrachte Menge nur ein kleines Lächeln übrig. Obwohl er nun ein Held war, schien er nicht sehr glücklich zu sein.

Als ich nach dem Spiel Jack endlich allein hinter der Bühne auffinden konnte, gratulierte ich ihm: „Endlich hast du dein Ziel erreicht und bist unabhängig", sagte ich zu ihm voller Stolz. Erst blickte er mich fragend an, dann antwortete er trocken: „Mein Ziel ist das Spiel gewesen und nun ist's vorbei mit der Spielerei", klopfte mir auf die Schulter und sagte noch: „Wir sehen uns später auf ein Bier", und ging mit seinem berühmten Schlendergang Richtung Saal, blieb noch einmal stehen, drehte sich wieder zu mir um und sagte in einem sehr sanften Ton: „Hast du meinen Engel gesehen? Sie sieht wundervoll aus!"

hc Oktober 1988
überarbeitet Dezember 1998

Chronos

Die Götter spielten seit Tagen verrückt. Es regnete schon wochenlang ununterbrochen; in der Nacht unnachgiebig und am Tage sintflutartig. Es schien, als wollten die Götter unsere Erde von all den Sünden reinigen, welche die Menschen schon seit Jahrtausenden begangen haben und immer noch begehen. Vielleicht wollten sie nur die Habgierigen bestrafen, indem sie einfach ihren ganzen Besitz davonspülten, oder den Willen der Menschen beugen, um ihren Glauben zu testen, vielleicht aber war es ja nur Meteorologie; wer weiß das schon so genau. Auf jeden Fall fanden zur Freude der kleinen Händler Regenschirme und Gummistiefel reißenden Absatz. Das Wetter war seit Tagen in den Schlagzeilen, und in den Nachrichten wurde viel über Ursprung und Herkunft dieser unsäglichen Plage spekuliert. Der Dauerregen machte die Menschen unruhig und unberechenbar. Einige dubiose Sektenführer riefen sogar ihre Anhänger dazu auf, gemeinsam eine Arche zu bauen, da jetzt die Zeit der Abrechnung gekommen sei. Es waren unruhige Zeiten und viele waren verängstigt und fürchteten, ihr Hab und Gut in den Fluten zu verlieren. Noch drohten keine Katastrophen, jedenfalls keine großen, aber bald würden die

Flüsse über ihre Ufer treten und dann erst das Land und später die Städte überfluten. „Die Schuld hat doch der Staat!", hörte man aus allen Ecken und damit meinte man den überfälligen Plan, die alten Dämme zu erneuern und neue zu errichten. Andere meinten, dass die Menschen kein Umweltbewusstsein hätten und nicht über ihren eigenen Tellerrand hinaussahen und dass dies jetzt die Strafe für all die Nachlässigkeit im Umgang mit der Natur sei. Einige Meteorologen sprachen von dem Jahrhundertregen, andere versuchten die Menschen zu beruhigen, indem sie eine Regelmäßigkeit in dem Wetter über Jahrzehnte zu sehen glaubten.

Nestor begab sich ruhigen Schrittes zum Fenster und beobachtete die Straße vor seiner Haustür. Die Straßenlaternen waren schon hell beleuchtet und spiegelten in ihrem fahlen Neonlicht den Sprühregen wider, der wie ein durchsichtiger Vorhang die Straße vom Gebäude trennte und dem Betrachter das Gefühl gab, hinter die Kulissen einer Theateraufführung zu sehen. Er rauchte gemütlich seine Zigarette und war trotz schlechten Wetters guter Dinge, da er sich durch diese Kulisse daran erinnert fühlte, heute Abend mit seinem engsten Freund das neue Stück von Vladimir Nelkenstein, einen bis dato nicht sehr berühmten zeitgenössischen Dramaturgen, zu begutachten. Punkt sieben Uhr wollte er vor dem Domplatz auf seinen Freund warten, der sich wie gewöhnlich verspäten würde. Nestor war schon sehr gespannt, welche neuen kreativen

Ausreden der Freund ihm diesmal für sein Versäumnis auftischen würde. Nicht dass er sich über sein ständiges Verspäten beklagen wollte, nein, man konnte, wenn man um die ständigen Verspätungen seines Freundes wusste, sich eigentlich sehr gut darauf einstellen und man bekam sogar noch eine abenteuerliche Geschichte erzählt, was alles passieren konnte, um ein pünktliches Erscheinen unmöglich zu machen. Die letzte Ausrede war allerdings sehr dürftig. Sein Freund hatte lediglich auf sein Verspäten nur die etwas abstruse Entschuldigung gehabt, er hätte sich in der Altstadt verirrt und habe dann nach einer langen Odyssee nach dem Weg fragen müssen, wohlgemerkt in einer Stadt, in der dieser besagte Freund schon seit zwanzig Jahren lebte. Diesmal hoffte Nestor auf eine kreativere, spannendere und vor allem eine glaubwürdigere Ausrede. Mit diesen Gedanken ging er bewaffnet mit Regenmantel und Schirm die Treppen seines Appartements hinunter, grüßte noch höflich die alte Dame, die ihm völlig durchnässt entgegenkam, öffnete die Eingangstür und merkte erst jetzt, wie scheußlich das Wetter war. Wenn man tagtäglich so am Fenster sitzt, dachte er sich, und seine Kritiken für die Zeitung schreibt, kann man das Wetter aus einer sehr angenehmen Beobachterrolle in Augenschein nehmen. Wenn man sich dann wieder in die Arbeit vertieft, hatte man auch schon die Geschehnisse draußen vergessen. Erst jetzt, wenn der Körper und all die dazugehörigen Sinnesorgane unmittelbar die Kälte und die Nässe spürten, breitete sich das Unbehagen tief im Inneren aus. Man war plötzlich an Leib und Seele betroffen. Alles war real und plastisch. Es gab aber einem auch das Gefühl, wieder lebendig zu sein, erwacht aus einem Traum. Man war nicht mehr bloßer Beobachter oder Zuschauer, der das Leid sah, aber im nächsten Augenblick, wenn es wieder aus dem Sichtfeld verschwunden war, schon vergessen hatte. Man war Opfer und versuchte nun mit aller Macht der Misere zu entkommen.

Mit hochgezogenen fröstelnden Schultern und einem schnellen Gang lief Nestor über den Domplatz und postierte sich direkt vor dem Eingangstor zum Dom. So, dass ein kleiner Vorsprung der großen Kirche ihm ein trockenes Fleckchen bot, er aber trotzdem für seinen Freund schon von der Ferne gut sichtbar war. Da er merkte, dass seine Armbanduhr wahrscheinlich noch zu Hause auf der Kommode lag, sah er auf die Turmuhr. Heute wäre es ihm lieber gewesen, wenn sein Freund ihn statt mit neuen abenteuerlichen Geschichten mit seiner Pünktlichkeit überraschen würde. Dies sollte aber nur ein frommer Wunsch bleiben, denn die Zeit schritt voran und sein Freund war weit und breit nicht zu sehen. Also richtete Nestor seine Gedanken auf den neuen, unbekannten jungen Dramaturgen und versuchte alles noch mal zu rekapitulieren, was er über das Ereignis an dem heutigen Abend wissen sollte. Dies ist das erste Stück von diesem Nelkenstein, dachte er sich. Nicht mal seine Kritikerkollegen wussten weder etwas Rühmliches noch etwas Schändliches über diesen Neuling zu berichten. Sogar über das Stück herrschte allgemeine Ratlosigkeit. Der Inhalt war gänzlich unbekannt. Man hatte nur gehört, dass es sich dabei um eine Komödie handeln dürfte. Da man für dieses Stück mit allen Mitteln und unter sehr großem Kostenaufwand Werbung betrieb, waren sich alle einig, dass es wahrscheinlich von einer sehr einflussreichen Organisation oder Person protegiert werden musste, was eigentlich aus zwei einleuchtenden Gründen sehr seltsam war, da erstens trotz dieser immensen Anstrengung das neue Werk nicht im Staatstheater aufgeführt wurde, welches man nach diesen Ankündigungen ohne Mühe hätte ausfüllen können, sondern in einem kleinen privaten Theater mit einem sehr dürftigen Fassungsvermögen und einer Lage weit außerhalb der Stadt. Zweitens hatte man zwar alle erdenklichen Leute durch die ständigen Werbungen in den Medien erreicht, wenn diese aber versuchten an eine Karte für diese Aufführung zu kommen, dann wurden sie schnell enttäuscht, da niemand wusste, wo es noch Karten zu erwerben gab. Das Theater selber hatte sein kleines Kontingent schon erschöpft und ein Schwarzmarkt schien für dieses Stück nicht vorhanden zu sein. Gerüchte über Gerüchte schien es über dieses Neulingswerk zu geben. Keine fundierten, begründeten Aussagen, nur Gerüchte. Zugegeben, es war gerade das Rätselhafte, das einen solchen Kritiker, wie Nestor es war, am meisten bewegte sich dieses Werk anzusehen. Spannend und absolut neu war auch, dass dieses Stück nicht monatelang am Theater blieb, sondern nur diesen Abend aufgeführt werden sollte, dann würde das Ensemble die Zelte abbrechen und in die nächste Stadt ziehen, wo es auch nur in einem kleinen Theater nur für einen Abend spielen würde. Man wusste um zehn Städte, in denen dieses Werk die Premiere und gleichzeitig die Dernière erleben würde.

Aus der Ferne sah Nestor einen Mann aus einem Taxi springen und ohne Regenschirm in die Nässe laufen. In der Hoffnung es sei der Freund, der sich inzwischen unverhältnismäßig verspätet hatte, hatte sich seine Aufmerksamkeit nun auf die Figur in der Ferne gerichtet, die in dieser Dunkelheit und bei diesem Regen nicht klar auszumachen war. Die Gestalt hatte einen hurtigen Gang und spurtete über den Domplatz geradewegs auf Nestor zu. Doch als dieser immer näher kam, beobachtete Nestor, dass der Mann im Vergleich zu seinem Freund eine kleinere und korpulentere Statur hatte, also ging Nestor etwas enttäuscht zur Seite, damit er den Weg für den Heranstürmenden freigab. Als aber dieser unmittelbar neben Nestor stehen blieb und dem Wartenden tief in die Augen sah, fühlte sich Nestor angesprochen und sah wiederum fragend zurück. „Kennen wir uns?", sprach Nestor leise. „Nein, mein Herr!", erwiderte der Mann, der von dem kleinen Spurt über den Platz außer Atem schien. „… aber wir werden uns kennenlernen. Chronos ist der Name." Die Stimme war sehr sanft, aber bestimmend. „… und Sie, Sie sind doch bestimmt Herr Nestor?" Da dieser Mann schon mehr wusste als Nestor, gab dieser auf die scheinbar rhetorische Frage keine verbale Antwort, sondern nickte und sah dabei immer noch fragend zu dem kleinen Mann herab. „Entschuldigen Sie, wenn ich Sie etwas überrascht habe, aber Ihr Freund, auf den Sie hier schon geraume Zeit warten, lässt ausrichten, dass er verhindert ist, und ich habe stattdessen mich angeboten, heute Abend Ihre Begleitung zu sein." Wer war dieser Mann? Nestor hatte ihn noch nie in Begleitung seines Freundes gesehen und konnte sich auch nicht erinnern, diesen Namen jemals gehört zu haben. „Warum ist er verhindert?", fragte Nestor nun sichtlich verwundert. „… und warum hat er mich nicht angerufen?" Nun lächelte Chronos etwas: „Ich weiß es nicht, aber wenn wir noch länger hier stehen, werden wir wohl den Anfang des guten Stückes verpassen und unser Taxi wartet auch schon auf uns", und deutete dabei auf das Auto, aus dem er ausgestiegen war. „Beeilen wir uns!", sagte dieser und wandte Nestor schon den Rücken zu, schlug den Kragen seines Regenmantels hoch und lief denselben Weg zum Taxi zurück. „Halt, warten Sie noch. Wer sind Sie? Wieso sollte ich mit Ihnen in dieses Theaterstück gehen?", schrie Nestor dem davoneilenden Mann hinterher. Dieser blieb kurz im Regen stehen, sah noch mal zu Nestor hinüber und sagte: „Ich erzähle Ihnen schon alles, was Sie wissen wollen. Nun kommen Sie schon." Was blieb Nestor anderes übrig: Hier weiterhin auf seinen Freund warten, oder vergeblich nach einem Telefon suchen, damit er ein anderes Taxi bestellen konnte? Es konnte ja gar nicht anders kommen, dachte er sich dann. Auch dies passte sehr gut zu diesem seltsamen Abend mit diesem geheimnisumwitterten Theaterstück. Aber die Neugier war zu groß, als dass er widerstehen konnte. Also spannte er seinen Schirm und lief hinter dem Mann her.

Das Taxi hatte schon die Stadt verlassen. Die Straßen glänzten in dem Scheinwerferlicht des Wagens. Die hinteren Scheiben waren von der Nässe, die die beiden von draußen mitgebracht hatten, beschlagen. Die Scheibenwischer kratzten rhythmisch und nervraubend entlang der Windschutzscheibe. „Würden Sie nun bitte die Güte haben, mir zu erklären, wie ich zu der Ehre komme, heute Abend mit Ihnen statt mit meinem Freund ins Theater zu gehen?", unterbrach Nestor die Stille, als er lange genug um eine Erklärung der Umstände gewartet hatte. „Nun", begann Chronos und suchte gleichzeitig in den Manteltaschen nach irgendetwas und machte dabei den Eindruck, als hätte er seinen Text vergessen und suche jetzt nach dem rettenden Zettel, damit er weitererzählen konnte. „Es ist eine sehr einfache Geschichte", sagte Chronos und zog endlich eine Zigarre aus der Tasche und versuchte sie anzuzünden. „Ihr Freund wollte Sie überraschen und bat mich daher, Sie zum Theater zu begleiten." „Wie überraschen?", fragte Nestor. „Es ist doch keine Überraschung, wenn man nicht zur Verabredung kommt." Nestor hatte sich jetzt ganz zu Chronos herumgedreht und wollte durch diese Geste, dass sein Begleiter endlich, ohne ausweichen zu können, klare Worte mit ihm sprach. Dieser war aber immer noch mit seiner Zigarre beschäftigt und hatte nicht diese eindringliche Bewegung des Nestor bemerkt. „Nun, wenn Sie mich so fragen, dann verrate ich Ihnen in Gottesnamen die Überraschung. Aber Sie sagen zu Ihrem Freund nicht, dass Sie es von mir hätten." Nestor nickte wohlwollend und war nun auf die kommende Erklärung gespannt. „Ihr Freund, ja also Ihr Freund ist ein Teil dieses Theaterstücks. Er musste natürlich früher ins Theater, damit er sich vorbereiten konnte. Er wollte Sie mit seinem Einsatz überraschen, was jetzt natürlich ganz und gar keine Überraschung mehr ist." Die Zigarre brannte. „Sind Sie jetzt zufrieden?", fragte er noch, paffte an seiner Zigarre und deutete auf ein Verkehrsschild. „Eine halbe Stunde, dann sind wir da", sagte er, als Nestor sich wieder zurücklehnte und mit offenem Mund das Grübeln anfing. „Aber er ist doch gar kein Schauspieler?", fragte er verwundert. „Na ja, also Details dürfen Sie mich nicht fragen, denn so gut kenne ich Ihren Freund nun auch wieder nicht; außerdem habe ich Ihnen schon viel zu viel erzählt." Wieso tat er das? Wenn es tatsächlich eine Überraschung sein sollte, dann wurde diese aber schnell preisgegeben. Nestor hatte nicht einmal eine Drohung ausgesprochen, es war völlig ausreichend gewesen, zweimal nachzufragen und sein Begleiter hatte schon alles ausgeplaudert. Wie sollte er sich nun gegenüber seinem Freund verhalten? So tun, als ob Chronos ihm nichts erzählt hätte oder ihn für den Schrecken, den er nun merklich spürte, zur Verantwortung ziehen? Nestor war verwirrt. Und dann dieser Regen, diese Scheibenwischer, diese nur dürftig geteerte und spärlich beleuchtete Landstraße, deren Schlaglöcher einem tief in die Knochen fuhren. Überdies hatte er auch noch seine skurrile Begleitung in Form eines scheinbar unbekümmerten, gemütlichen Mannes, dessen Vergangenheit und Herkunft ihm gänzlich unbekannt waren.

Nestor musste mehr über ihn erfahren. Sein Begleiter teilte scheinbar nicht dasselbe Bedürfnis, sein Gegenüber genauer in Augenschein zu nehmen. Vielmehr war dieser beschäftigt, den Beschlag an seiner Scheibe wegzuwischen, obwohl man in dieser Dunkelheit – außerdem fuhr man gerade an einem Waldstück vorbei – nicht viel erkennen konnte. Nestor war sich sicher, dass dieser Chronos nicht die Wahrheit sprach, sondern nur kurze, knappe Antworten erfand, um ihn zu beruhigen. Aber was war es denn, was er nicht erfahren sollte? Da nun die Stille zwischen den beiden Männern unerträglich geworden war, suchte sich Nestor eine Beschäftigung und zog dabei, da ihm sonst nichts Besseres einfiel, seine Verlegenheit zu verbergen, seinen Kalender aus der Manteltasche und fing an, darin ziellos herumzublättern. „Was, sagten Sie, sind Sie von Beruf?", fragte Nestor scheinbar beiläufig und sah dabei immer noch in seinen Kalender. „Ich

38

sagte nichts", kam die Antwort. „Für einen Begleiter sind Sie aber nicht sehr gesprächig", schnauzte Nestor zurück und sah seinen Begleiter scharf an, um seinen Worten Nachdruck zu verleihen, er möge endlich anfangen, von sich zu erzählen. „Also Sie wollen wissen, was ich beruflich mache." Nestor nickte wieder, sagte aber nichts, damit er Chronos nicht unterbrach. „Wissen Sie, ich mache Zeit." „Sie sind Uhrmacher?", fragte Nestor ungläubig. „Nein, nein, ich mache Zeit, das heißt, ich mache sie nicht, sondern ich bin dafür verantwortlich. Zeit ist ja, wie Sie wissen, eine relative Sache. Sie kennen das ja, manchmal will sie einfach nicht vergehen und manchmal sind wir der Meinung, wir hätten zu wenig davon. Aber uns entgeht dabei das Glück." Jetzt konnte Nestor sein Grinsen nicht mehr verbergen und sagte sichtlich erheitert: „Sie scherzen, es gibt keinen Menschen auf dieser Welt, der Zeit macht oder, wie Sie sich ausgedrückt haben, Verantwortung dafür trägt. Niemand bestimmt bewusst, wie schnell die Uhr tickt. Das ist doch ein subjektives Gefühl. Dieses Empfinden kann man doch nicht regulieren. Außerdem ist das kein Beruf, jedenfalls keiner, wovon ich gehört hätte, dass es dafür eine Ausbildung gäbe." Aber Nestor sah, wie sich bei Chronos keine Miene verzog. „Na ja", setzte dieser fort und schmauchte gelegentlich an seiner dicken Zigarre. „Es gibt so viel Neues, was wir im Laufe unseres Lebens kennenlernen. Wir sollten nicht immer nur an Dinge glauben, die wir auch berühren, sehen oder fühlen können. Für ein kleines Kind, welches noch nie ein Schiff gesehen hat, ist es auch unmöglich, dass so viel Stahl auf dem Wasser schwimmen kann. Und meine Oma, Gott hab sie selig, weigerte sich bis zum Schluss daran zu glauben, dass wir Menschen schon auf dem Mond unseren Spaziergang gemacht haben. Nun versuchen Sie mal im Mittelalter einem Menschen auf die Frage, welchen Beruf Sie haben, zu erzählen, Sie seien zum Beispiel Astronaut und würden zum Mond fliegen." Jetzt grinste auch Chronos und amüsierte sich scheinbar über das fragende Gesicht seines Begleiters. Nestor lehnte sich wieder zurück und sah etwas entrückt in seinen Kalender, dessen Tage in gleichmäßige Abstände unterteilt, die Uhrzeiten in wiederkehrenden Abständen untereinander aufgereiht waren, und wusste nicht recht, wie er diesen kleinen dicken rauchenden Mann, der wahrscheinlich geistig nicht am Höhepunkt war, behandeln sollte. Dann schielte er noch mal zu seinem Begleiter. Dieser hatte es sich nun gemütlich gemacht und war schon ganz in seinem grauen Mantel versunken. Dabei gaben ihm die breiten Schultern, der unauffällige Haarschnitt und die silbernen Knöpfe an seinem Mantel eine gewisse Seriosität. Es war, wenn man so will, die perfekte Stadttarnung. Dieser Mann hatte nichts Markantes an sich, keine Ecken, keine Ösen, nichts Auffälliges. Wenn er in die Verlegenheit kommen sollte, diesen Mann, der nun seit einer Stunde sein ständiger Begleiter war, der Polizei beschreiben zu müssen, würde er nicht wissen, was genau diese Person von all den anderen Leuten draußen auf der Straße unterscheidet. Grauer Mantel, schwarze Schuhe, silberne Knöpfe, Seitenscheitel, in der Statur etwas klein und dick, keine Ringe, keine Brille und, was besonders seltsam war, nicht einmal eine Armbanduhr; dies waren alle Merkmale, die ihm dann einfallen würden. Er konnte alles sein: Versicherungsvertreter, Handlungsreisender, Lehrer, Politiker, Maschineneinsteller, Verbrecher oder vielleicht sogar Kritiker. Nach kurzem Schnuppern bemerkte Nestor, dass dieser unauffällige Mann nicht mal einen Geruch hatte, jedenfalls wenn er einen hatte, dann war dieser nicht aufdringlich. Er konnte das nicht mehr so genau beurteilen, da sich im Taxi der Zigarrenrauch, obwohl vom Chauffeur die Scheibe einen Spalt heruntergelassen worden war, schon ausgebreitet hatte. Durch das scharfe Abbiegen des Wagens wurde Nestors Aufmerksamkeit nach draußen gelenkt. In der Nähe tat sich das Theater auf. Er sah, wie einige Dutzend Menschen sich aufmachten, durch die Eingangstür ins Innere des Gebäudes zu gelangen. „Wir kommen rechtzeitig", sagte Chronos und reichte dabei dem Chauffeur einige Geldscheine, die dieser wortlos entgegennahm. Nestor wollte keine großen Dialoge mehr anstiften, denn das, was ihn nun da draußen erwartete, war zu spannend, als dass er seinen skurrilen Begleiter noch länger anhören wollte. Der Parkplatz war gut beleuchtet und das Theater wirkte im Abendlicht genauso wenig einladend wie am Tag, das baufällige Gebäude strahlte keinen Charme aus. An diesem Ort war Nestor schon einmal, damals allerdings mit einigen Stadträten, die sich ein Bild über den momentanen Zustand des völlig überflüssigen Zweittheaters hier außerhalb der Stadt machen wollten. Sie hatten sich damals darüber unterhalten, ob und wie man dieses alte Gemäuer sanieren konnte. Da aber die Stadtherren der Meinung waren, dass die Kosten für eine Wiederbelebung und Sanierung ihr Budget sprengen würden, hatte man diesen Plan der Wiederauferstehung schnell aufgegeben und seither war auch nichts mehr geschehen. Alle waren damit zufrieden, dass dieses Gebäude in Vergessenheit geriet. Außerdem diente es momentan ganz gut als alternative Bühne für die nicht ganz so berühmten Aufführungen. Jetzt bereute Nestor nur, dass er damals nicht wenigstens mit ins Innere des Theaters gegangen war, sondern, da sein Interesse an diesem schmucklosen Gebäude zu gering war, sich vorzeitig verabschiedet hatte und ganz damit einverstanden war, alles so zu belassen, wie es ist. Zwar waren beide Flügel zur Eingangshalle offen, sodass man ungehindert eintreten konnte, aber kaum in der Halle angekommen, musste man sich an eine Tür anstellen, welche scheinbar ins Innere des Theaters führte. Seltsam war, dass es keinen Schalter und auch kein Personal gab, das die Eintrittskarten entgegennahm, stattdessen öffnete sich die Tür immer nur für eine Person. Da dies relativ zügig vonstattenging, schenkte Nestor dieser Begebenheit keine weitere Beachtung. Als die beiden nebeneinander vor der Tür standen, gab Chronos durch eine Geste Nestor den Vortritt. Nestor zögerte ein wenig, bedankte sich nochmals höflich bei seinem Begleiter für die Mitnahme und als die Tür sich öffnete, trat er einfach unvermittelt ein.

Vor dem überraschten Nestor tat sich ein nicht allzu großes Zimmer mit weißen Papierwänden auf, welche, zu gleichmäßigen Rechtecken unterteilt, mit schwarzen Holzlatten zusammengehalten wurden. Der Boden war mit naturfarbenen Strohmatten ausgelegt. In der Mitte des quadratischen Raumes befand sich eine kreisrunde Vertiefung, in der ein wenig glühende Kohle Wasser in einer gusseisernen Kanne, deren Farbton ein hohes Alter verriet, zum Kochen brachte. Sonst war dieser Raum absolut schmucklos. Auf der gegenüberliegenden Seite saß ein älterer Mann, der mit einer Art Kimono bekleidet war. Seine langen grauen Haare hatte er streng zu einem Zopf gebunden und blickte mit gesenktem Haupt auf Nestors Schuhe. Neben diesem Mann standen zwei Teeschalen aus Porzellan, eine rasierpinselähnliche Bürste, wahrscheinlich aus Bambus, und eine weitere Schale, die etwas Grünes, Puderähnliches beinhaltete. Da Nestor sich nun mit seinen Straßenschuhen hier in diesem asketisch anmutenden Raum sofort deplatziert und unwohl fühlte und nicht unhöflich sein wollte, zog er diese unaufgefordert aus, legte sie beiseite und nahm auf Handzeichen seines Gegenübers direkt an der Feuerstelle Platz. „Gehört dies zu dem Stück, was heute Abend aufgeführt wird?", platzte Nestor in den stillen Raum herein, bekam aber keine Antwort. Stattdessen hob der Mann die Schale mit dem grünen Tee, entnahm zwei gehäufte Löffel und füllte diese mit absoluter Bedächtigkeit in die Teeschale, klopfte den Löffel noch einmal an dem Rand der Schale ab und legte ihn rechts neben sich. Dann hob er den gusseisernen Teekessel und füllte den Inhalt der Schale mit kochend heißem Wasser auf. Alle Bewegungen waren wie aus einem Guss. So wie dieser Mann den Tee zubereitete, musste dieser wohl all die Bewegungen schon viele tausende Mal ausgeführt haben. Mit ruhiger Hand schlug er nun den Inhalt der Schale mit der Bürste auf, legte dann diese neben den hölzernen Löffel. Danach stellte er die Schale auf seine linke Handfläche und mit der rechten drehte er diese dreimal im Uhrzeigersinn, bevor er diese, indem er sich etwas streckte, direkt neben seinem Gast platzierte. Nestor beobachtete diese Prozedur noch ein zweites Mal und wartete erst ab, bis sein Gastgeber alle seine rituellen Handlungen beendet und sich seinen eigenen Tee zubereitet hatte. Als dieser zum Zeichen der Einladung seine Teeschale in die Höhe hob und sich vor seinem Gast tief verneigte, hob auch Nestor seine heiße Teeschale, drehte diese dreimal im Uhrzeigersinn, so wie es sein Gastgeber vorgemacht hatte, und trank einen kräftigen Schluck daraus. Warm und freundlich breitete sich der wohlschmeckende Tee auf seinem Gaumen aus. Nestor war von dieser Art Zeremonie tief beeindruckt und wagte es nicht, seinen Gastgeber zu unterbrechen. Das Halten der Teekanne, das Falten des Teetuches, das Ausspülen der Teeschale mit heißem Wasser, das Abklopfen des Teelöffels, die Bewegungen des Teeschlagens brachten eine absolute Harmonie und Ruhe in den Raum. Diese Teezeremonie hatte in Nestor ein Gefühl des Vergangenen, der Kindheit geweckt. Er fühlte sich an seinen Vater erinnert, der früher mit ihm an Weihnachten immer in den Dom gegangen war. Wenn die Musik von Mozart anfing zu spielen und sich die Töne in dem großen Saal verflüchtigten, wurde er, körperlich entblößt, von der Musik aufgesogen und ein Gefühl der Selbstaufgabe, des Eins-Seins mit allen anderen, ein Gefühl der Zufriedenheit betäubte seine Sinne. So auch jetzt. Nestor trat erst wieder in die Realität ein, als sein Gastgeber sanft zu sprechen begann. „Sie müssen wissen, an der Seite dieser Teeschale, die Sie gerade in Ihren Händen halten, sind fünf vollkommene Kreise abgebildet." „Vollkommene Kreise …", wiederholte Nestor hastig, um seinem Gegenüber Aufmerksamkeit zu demonstrieren. „Ja, fünf vollkommene Kreise. Diese Schalen wurden einst von dem damals berühmtesten japanischen Teemeister zu Ehren Miyamoto Musashis aus feinstem Porzellan hergestellt. 1643 hatte des Kaisers Teemeister sogar die Ehre, persönlich eine dieser Schalen, welche an Perfektion nicht zu überbieten waren, dem berühmten Samurai Musashi schenken zu dürfen." Nestor hatte sich an den Gedanken gewöhnt, dass er sich mitten im Theaterstück befand. Es war zugegeben eine sehr befremdliche Atmosphäre und eine sehr unkonventionelle Art und Weise, mit welcher so ein Werk beginnen konnte. Er fragte sich, wo nur all diese Leute waren, die ebenfalls vor dieser Tür anstanden. Wurden sie vielleicht durchgereicht und man hatte das ganze Theater in kleine Räume eingeteilt? Aber dafür brauchte man ja genauso viel Personal wie Gäste vorhanden waren. Da er ja zu allem Übel seine Armbanduhr zu Hause vergessen hatte, konnte er nicht einmal genau sagen, wie viel Zeit diese Zeremonie in Anspruch genommen hatte. „Eine wirklich alte Tasse", bemerkte Nestor etwas spöttisch. „… aber erzählen Sie ruhig weiter", denn sein Gastgeber hatte seine Ausführungen unterbrochen, um sicherzugehen, dass sein Teegast auch aufmerksam zuhörte. Dieser fuhr gleich fort: „Als nun Musashi diese Tasse ausgehändigt bekam, merkte er, dass er im Gegenzug kein Geschenk, weder an den Teemeister noch an den Kaiser, dabeihatte. Also zog er aus seinem Beutel einen Pinsel und etwas Tusche hervor und malte mit nur einem Zug fünf Ringe auf diese Porzellanschale. Scheinbar nichts Ungewöhnliches, werden Sie einwenden, aber wenn Sie diese Ringe ausmessen würden, dann würden Sie feststellen, dass jeder einzelne Kreis perfekt rund wie von einem Zirkel entstanden ist. So gab Musashi diese Tasse als Geschenk wieder zurück." „Eine sehr beeindruckende Geschichte!", sagte Nestor. „Und warum erzählen Sie mir davon?" „Worüber soll ich sonst erzählen? Es ist unsere Bestimmung, dass ich Ihnen diese Geschichte erzähle und Sie mir zuhören. Sie suchen doch den Weg zum Glück?" „Nun ja, suchen wir nicht alle nach Glück?", unterbrach Nestor seinen Gastgeber und konnte dabei sein Grinsen nicht verbergen. „Da haben sie recht und genau deswegen finden wir auf unserem Weg durchs Leben keines", bekam er als Antwort. „Sie wissen wohl sehr genau, wovon Sie sprechen, nicht wahr?", warf Nestor nicht ganz ohne Spott ein. „Bitte, dann sagen Sie mir doch, was Glück ist und wo es zu finden ist." Er hatte ein sehr breites Grinsen auf dem Gesicht. „Solange wir suchen, werden wir nicht fündig. Um aber nicht suchen zu wollen, müssten wir die Zeit abschaffen", bekam er als Antwort. „Die Zeit abschaffen? Und wie soll das bitte funktionieren?", fragte Nestor neugierig weiter und konnte nicht umhin, an Chronos zu denken. „Ganz einfach, indem wir alle Gier und alles Verlangen aus unserem Bewusstsein verbannen." Jetzt trat Stille zwischen die beiden Männer. Nestor überlegte, ob er dem Hokuspokus ein Ende machen sollte, wollte aber nicht unhöflich sein und runzelte nur die Stirn. Sein Gegenüber aber sagte in sanftem Ton: „Ich werde Ihnen eine kleine Geschichte erzählen", und fuhr nach einer kleinen Verbeugung fort: „Eines Tages ging ein Krieger durch den Wald. Und als es schon dunkel war, hörte er Geräusche von wilden Tieren. Er versuchte sich zu beeilen, damit er rechtzeitig auf eine Lichtung kam. Ein Rudel von hungrigen Raubtieren hatte aber seine Spur schon aufgenommen. Als er seine Verfolger bemerkte, fing er an zu laufen. Doch die Raubtiere kamen immer näher. Erst überlegte er, auf einen Baum zu klettern, dann aber merkte er, dass er dafür zu schnell war und wenn er stehen bleiben würde, dann hätten ihn die Raubtiere eingeholt und in Stücke gerissen. So in Todesangst lief er, so schnell er konnte, weiter. Plötzlich – er hatte es in der Dunkelheit nicht gesehen – fiel er in eine Grube. Er konnte sich gerade noch an einer Wurzel festhalten, um den Absturz in die Tiefe zu verhindern. Unten in der Grube sah er das Maul eines riesigen Ungeheuers, das darauf wartete, dass der Krieger sich nicht mehr festhalten konnte und hinabstürzen würde. Als er hinaufsah, merkte er, wie ein Biber an seiner Wurzel nagte, an der er sich gerade festhielt. Inmitten dieser Beklemmnis flog ein Schwarm Bienen vorüber und ließ Honigtropfen fallen. Der Krieger streckte trotz seiner Lage eine Hand aus, damit er den Honig einfangen konnte, um diese süße Speise zu kosten." Nestor wollte noch ein paar Fragen stellen, als sein Gastgeber unvermittelt aufstand und hinter sich die Schiebetür aufschob. Es war anscheinend an der Zeit, weiterzugehen. Still zog Nestor seine Schuhe wieder an und trat an die Seite des Gastgebers, der seinen Blick gesenkt hielt. Zum Abschied lächelte Nestor verlegen und sagte: „Auf Wiedersehen, mein Herr." Sein Gegenüber aber verbeugte sich behutsam und sagte nichts. Nestor ging immer noch etwas unsicher aus dem Zimmer und hinter ihm wurde die Tür wieder geschlossen. Er ging durch einen langen dunklen Korridor, der ihn ins Innere des Theaters führte. Die Bühne war mitten im Publikum. Man musste über die Bühne gehen, um dann auf ein Podest steigen zu können, wo die Besucherstühle dreireihig rings um die Bühne angeordnet waren. Es waren schätzungsweise fünfzig Besucher, die scheinbar ebenfalls gespannt auf die Aufführung warteten. Alles war sehr dunkel gehalten. Nur ein paar Kerzen erleuchteten spärlich die Bühne. Die Zuschauer tuschelten untereinander und hielten sich dabei die Hände vor den Mund, damit sie niemanden störten. Nestor versuchte vergebens Chronos auszumachen und spähte in die Reihen. Als er nicht fündig wurde, setzte er sich auf einen freien Platz und beobachtete die Zuschauer um sich herum. Jetzt erst erkannte er in der Dunkelheit zwei in Lumpen gehüllte Schauspieler, die mitten auf der Bühne saßen und wie Bettler die Hand offen vor sich hielten. Jetzt trat ein dritter Bettler auf die Bühne. Zwar war er ebenfalls in Lumpen gekleidet, war aber sehr großen Wuchses und von hagerer Statur. Er trug eine Kapuze über den Kopf, sodass man sein Gesicht in der Dunkelheit nicht erkennen konnte. Sein Haupt war zum Boden geneigt, in der Linken hielt er einen Korb. Mit schlenderndem Schritt ging er in die Reihen der Zuschauer, blieb an jedem einzelnen Platz stehen, steckte der jeweiligen Person etwas Zettelähnliches zu, beugte sich dann zu dem Sitzenden herab und flüsterte ihm etwas ins Ohr, sodass dieser dann sofort mit dem Kopf nickte. Man konnte, da dieser Bettler mit seiner hageren Statur und dieser dunklen Kutte einen unheimlichen Eindruck hinterließ, die Ehrfurcht der Zuschauer nicht übersehen. Als dieser auch an Nestor herantrat und ihm ein Kärtchen überreichte, konnte man meinen, der Sensenmann stünde einem gegenüber. Herabgebeugt flüsterte er mit einer sehr dunklen samtigen Stimme: „Bitte schreib auf diese Karte einen Wunsch und er wird in Erfüllung gehen", und trat zum Nächsten. Nestor sah ihm nicht mehr nach, sondern musterte die kleine Karte, die er in Händen hielt. Es war ein blankes, blütenweißes Kärtchen. Nur an der rechten unteren Seite stand sein Name. Jemand wollte anscheinend nicht nur die Wünsche der Zuschauer wissen, sondern auch diese der jeweiligen Person zuordnen. Als der Mann mit seinem Korb auch am letzten Platz vorüberzog, ging er wieder denselben Weg zurück, den er gekommen war. „Na gut", dachte sich Nestor und war bereit, dass Spiel mitzuspielen. Da sich dies sowieso zu einem sehr ungewöhnlichen Abend entwickelte, war er bereit, bei allem mitzumachen, was ihm aufgetischt wurde. Er wollte sich in die Mystik dieses Abends fallen lassen und alles so, wie es kam, als gegeben hinnehmen. Zu guter Letzt würde sich schon jedes Geheimnis lüften lassen. So wie er es sonst von seinem Leben gewohnt war, würden ihm auch diesmal alle seine Fragen beantwortet werden. Bei diesem Gedanken wurde ihm sichtlich wohler. Er lächelte und sank etwas tiefer in seinen Stuhl. Ein kleiner Junge mit kahlem Kopf hatte sich durch die Reihen geschlichen und sammelte die Karten wieder ein. Nestor sah ihn erst, als er nicht mehr weit von ihm war. Er war so in Gedanken gewesen, dass er nicht bemerkt hatte, wie der Junge im schnellen Durchgang durch die Reihen ging. Hastig durchsuchte er seine Taschen nach einem Stift, überlegte dabei, was er denn auf das Kärtchen schreiben wolle. Einer aus der hinteren Bank machte sich durch ein leichtes Klopfen auf Nestors Schulter bemerkbar, sodass dieser erschrocken herumfuhr. „Mein Herr, ich wollte Sie nicht erschrecken. Ich wollte Sie nur um einen Stift bitten", flüsterte er Nestor zu. „Sie sehen doch, dass ich selber etwas zum Schreiben suche", antwortete Nestor etwas schroff und blickte suchend um sich. Doch er bemerkte schnell, dass scheinbar alle ihre Wünsche schon niedergeschrieben hatten. Keiner schrieb und jeder hielt das Kärtchen zur Abgabe bereit vor sich. Er und dieser aufdringliche Mensch hinter ihm hatten es als Einzige versäumt, ihre Wünsche aufzuschreiben. Wie konnte dies nur passieren? Er hatte doch sonst immer etwas zum Schreiben bei sich. Wieso ausgerechnet heute nicht? Er drehte sich noch mal um und bemerkte, dass sein Nachbar einen Bleistift aufgetrieben hatte und hastig schrieb. Als Nestor gerade diesen Mann um den Stift bitten wollte, zog der kleine Junge – er war schon an Nestor herangetreten – das Kärtchen aus seiner Hand und ging eilig zum Nächsten. Überrascht fuhr Nestor herum und hob seine Hand, um den Jungen aufzuhalten, aber er stand schon im Begriff, den Raum zu verlassen. Dummerweise hatte Nestor das Kärtchen so in der Hand gehalten, dass der kahlköpfige Junge annahm, er wolle es abgeben. Nestor sprang auf, rief dem Davoneilenden hinterher und wollte schon vom Podest herunterspringen, als er bemerkte, wie viele Augen aus dem Publikum ihn empört anstarrten. Er hatte die diskrete Ruhe, die bis dahin im Raum vorherrschte, aufs Unangenehmste durchbrochen. Erschrocken von der eigenen Stimme zuckte er zusammen und setzte sich verlegen auf seinen Platz zurück. So zusammengekauert konnte er nur noch beobachten, wie der kleine Junge hinter einem Vorhang verschwand. Nestor war es elend zumute, überall um ihn herum gab es strafende Blicke und er wollte doch nur dieses Versehen korrigieren. Er hatte doch Wünsche und er wollte sie niederschreiben, stattdessen nahm man ihm die Karte einfach weg. Aber wenn er danach gefragt werden würde, warum er keinen Wunsch aufgeschrieben hätte, würde er entgegnen, dass er zwar einige Wünsche gehabt hätte, die es sicherlich auch wert gewesen wären, niedergeschrieben zu werden, man ihm jedoch keine Gelegenheit gegeben hatte, oder zumindest nicht genügend Zeit, diese festzuhalten. Mit einem dankbaren Ausdruck beobachtete Nestor, wie zwei Trommler mit Getöse die Bühne betraten. Endlich, dachte er, wird die Aufmerksamkeit des Publikums durch dieses bunte und laute Spektakel von mir abgelenkt. Verhaltenes Klatschen erklang zwischen den Reihen. Zu den Trommlern gesellte sich ein zwergwüchsiges Männchen, dieser machte ein paar Kapriolen und stieg auf das Podest, rollte mit einem Ruck eine Schriftrolle vor sich auf und begann mit lauter Stimme Namen, die Nestor noch nie zuvor gehört hatte, vorzulesen. Dies alles hatte eine größere Ähnlichkeit mit einem Zirkus als mit einer Theateraufführung, dachte Nestor. Als aber zu guter Letzt der Name Chronos fiel, richtete er sich wieder in seinem Stuhl auf und blickte suchend in die Reihen der Zuschauer. „Chronos, Vater der Götter, Erschaffer von Zeus und der Zeit …", donnerte es durch den Saal. Es wurde plötzlich dunkel. Unerwartet strahlte ein Lichtkegel auf die Bühne und ein kleiner, etwas rundlicher Mann trat ins Licht. „Guten Abend, meine sehr verehrten Gäste …" Die Stimme klang sehr vertraut. Nestor sah jetzt ungläubig zu dem kleinen Mann unten auf der Bühne. Ohne Zweifel, es war Chronos. Zwar war Nestor durch diesen Auftritt etwas überrascht, aber irgendwie hatte er es erwartet, Chronos doch noch mal zu begegnen. Diesmal war dieser sehr elegant gekleidet, ja er hatte etwas Fürstliches an sich. Die Haltung war für seine Statur außerordentlich aufrecht und grazil. „Sie werden heute Zeuge eines einmaligen Schauspiels der Zeit." Begeisterter Applaus unterbrach die erdrückende Stille. Dann erzählte Chronos mit großartiger Gestik einiges von dem Schöpfer dieses Werkes. „Glauben Sie mir, Sie werden gut unterhalten werden", waren dann noch die

Schlussworte des Chronos. Den Inhalt der Rede hatte jedoch Nestor nicht ganz vernommen, da er von einer Gestalt abgelenkt wurde, die hinter dem Vorhang stand und ihn einen Spalt geöffnet hielt, sodass man im Halbdunkel nur den Kopf und den rechten Arm sah. Nestor hatte den Eindruck, dass diese Gestalt jemanden herbeiwinken wollte. Da man die Augen des Mannes hinter dem Vorhang in diesem schattigen Licht nicht gut sehen konnte, war es schwer auszumachen, wen diese ominöse Figur zu sich rief. Nestor deutete mit seinem Zeigefinger auf seine Brust und machte ein fragendes Gesicht. Als jedoch Chronos mit seiner Rede fertig war und sich dann dem Vorhang zuwendete, verschwand die Gestalt. Man konnte doch unmöglich ihn gemeint haben, grübelte Nestor noch einen Augenblick, bis ihm sein Freund in den Sinn kam. Vielleicht wollte sein Freund ihn hinter die Kulissen bitten, um sich endlich zu entschuldigen oder das Geheimnis dieses Abends zu lüften. Brennende Neugier machte sich in Nestor breit. Unvermittelt sprang er auf und ging hurtig, aber auf Zehenspitzen hinter dem Publikum zum Vorhang. Er nutzte die Dunkelheit aus, um nicht sofort wieder negativ aufzufallen. Die knarrenden Dielen unter seinen Füßen aber hatten ihn doch verraten. Ein Raunen ging durchs Publikum. Als Nestor dies vernahm, versuchte er schneller zu gehen. Er stolperte über Beine und stieß sich an Stuhllehnen. Endlich am Vorhang angekommen, riss er diesen auf und verschwand dahinter, ohne sich dabei umzudrehen oder sich zu entschuldigen.

Vor Nestor tat sich ein tunnelähnlicher Korridor ohne Türen auf. Das Ende dieses Korridors war nicht zu sehen, da die Ferne in der Dunkelheit verschwand. Die Wände waren nicht verputzt. Es roch nach moderndem Holz. In diesem trüben Licht sah alles noch älter und verfallener aus. Die Luft war stickig und die süßliche Feuchtigkeit, die aus den Wänden austrat, machte das Atmen schwer. „Eine ungewöhnliche Architektur", flüsterte Nestor vor sich hin. Dort, wo man den Rest der Bühne und die Bühnentechnik erwarten konnte, war nur dieser Tunnel. Wohin verschwanden all diese Schauspieler? Es war der einzige Ein- und Ausgang zur Bühne. Zwar spürte Nestor ein Zögern in sich, wollte aber nicht wieder zurück ins Publikum. Er wollte nicht noch einmal diese bedrückende Stille erleiden, diese strafenden Augen spüren. Also ging er langsam durch den Tunnel und hörte seine eigenen Schritte von den Wänden widerhallen. Da die Neugier größer war als die Angst, die er verspürte, ging er schneller, damit er so schnell wie möglich ans andere Ende des Korridors kam. Er zuckte zusammen, als er Schritte einer anderen Person hinter sich vernahm. Nestor verharrte kurz, um sicherzugehen, dass es nicht seine eigenen waren, wagte es aber nicht, sich umzudrehen, um der Angst ins Gesicht zu sehen. Ein Gefühl des schlechten Gewissens, die Angst des Verfolgten und die Furcht des Opfers trieben ihn immer schneller voran. Das Geräusch des Verfolgers wurde immer lauter. Der Klang der pochenden Schritte mischte sich mit dem eigenen Herzklopfen. Nestor fing an zu laufen. Hastig lief er um die Kurve. Sein Atem war schwer. Schweißperlen standen ihm auf der Stirn. Immer wieder rieb er seine feuchten Hände an der Jacke ab. Zu seinem Erleichtern sah er jedoch am Ende dieses unheimlichen Korridors eine beleuchtete Tür. Und als Nestor stehen blieb, verstummten auch die Schritte des Verfolgers. Er fühlte sich gehetzt, Schwindel überkam ihn und für einen Augenblick glaubte er, in die Knie gehen zu müssen. Er war Kritiker, kein Detektiv und kein Abenteurer. Was machte er hier? Diesmal glaubte er, zu weit gegangen zu sein. Was trieb ihn hierher? All diese Gedanken zogen wie wirre Phantasien in seinem Kopf ihre Bahnen. Er erwog es, doch noch mal zurückzugehen und sich an seinen Platz zu setzen. Wenn er gefragt werden würde, was er denn hinter den Kulissen gesucht hätte, dann würde ihm schon eine passende Ausrede einfallen. Aber der Gedanke, dass jemand in diesem dunklen Tunnel auf ihn warten würde, erfüllte ihn mit Schauer. Zögernd fasste er also die Klinke der Tür, die sich auch ohne Mühe öffnen ließ. Jetzt erst bemerkte er das Schild an der Tür: „Der Verstand hat keinen Eintritt."

Ein gleißendes Licht durchflutete diesen großen Raum, sodass er im ersten Augenblick nichts erkennen konnte. Wie herrlich frische Frühlingsluft duftete es hier und das Licht war so hell, dass man meinen konnte, man stünde mitten im Sommer irgendwo in

der Provence. Als er sich mit halb zusammengekniffe-
nen Augen umsah, erkannte er, dass alle Wände samt
der Decke strahlend weiß gestrichen waren, sodass diese das Licht noch greller erscheinen ließen. Geblendet
senkte er seinen Blick auf den Holzboden, der für die
Augen Linderung versprach. Er konnte keinen klaren
Gedanken fassen. Alles war so verwirrend, so unge-
wöhnlich, so erschreckend, aber im selben Augenblick
so unwiderstehlich. Er wusste nicht mehr um die Zeit.
Er vergaß um Chronos, um seinen Freund und um das
Theaterstück. Sein Staunen galt dieser unwirklichen
Atmosphäre.

Farben, bunte, schillernde, unbeschreiblich
kraftvolle Farben. Musik, geschrieben aus der Seele
eines Melancholikers. Ein apfelgrüner Himmel, eine
sinkende Sonne, ein zerfurchtes Feld, darin ein Baum,
schwarz, dürr, aber kräftig. Hier und da ein paar Blüten, zartes Geäst. Ein Sämann, ein schattig sanfter
Mann, der seine Saat sät. Die Sonne, wärmend und
übermächtig, in ihren letzten Minuten noch kraftspen-
dend. Elegante Bewegungen. Aus der Hand fällt die
Saat, manches fällt in dorniges Gestrüpp, manches auf
Stein und manches auf fruchtbare Erde. Heimeliges
Gefühl, klare Gedanken, die Ursache, das Prinzip und
das eine. Die Musik zart, klar wie ein Gebirgsbach und
unwiderstehlich im Tempo. Immer heftigere und klarere Töne. Nestor traute seinen Sinnen nicht, regungslos
stand er vor diesem Bild. Ein Gemälde von Vincent
van Gogh in seiner unbeschreiblichen Schönheit. Die

ohrenbetäubende Musik kannte er ebenfalls; es war Chopin. Die Symbiose aus diesen beiden wundervollen Werken hatte Nestor in tiefe Ehrfurcht versetzt …

„Mein Herr, mein Herr!" Nestor wandte sich um. „Mein Herr, ich habe einen Stift aufgetrieben. Ich habe meine Wünsche niedergeschrieben. Wollen Sie nun auch?" Nestor saß wie gelähmt an seinem Platz, mitten im Publikum, und starrte den Mann hinter sich an, der ihm nun mit breitem Grinsen einen Bleistift vor die Nase hielt. War dies eine Vision, ein Trugbild? Was gaukelten ihm seine Sinne vor? Wo war die Realität? Als Nestor noch völlig durcheinander mechanisch seine Hand nach dem Bleistift streckte, zog der kleine Junge – er war schon an Nestor herangetreten – das Kärtchen aus seiner Hand und ging eilig zum Nächsten. Überrascht hob Nestor seine Hand, um den Jungen aufzuhalten, aber er war schon im Begriff, den Raum zu verlassen. Dummerweise hatte Nestor das Kärtchen so in der Hand gehalten, dass der kahlköpfige Junge annahm, er wolle es ebenfalls abgeben. Nestor blieb sitzen, senkte mit taubem Gefühl seinen Kopf, ließ seine Schultern herabhängen und blickte starr auf seine leeren Hände. Er versuchte krampfhaft seine Gedanken zu ordnen, indem er sich einredete, dass er wohl eingeschlafen sei und er diese Ereignisse im Halbschlaf mitbekommen habe. Gepeinigt von wirren Gedanken hob er langsam seinen Kopf und sah auf den Vorhang. Dieser wurde von jemandem sanft an einem Ende leicht aufgeschlagen. Aus dem

Dunkel trat wieder diese Figur hervor und winkte Nestor erneut herbei. Nestor wurde kreidebleich. Er starrte mit aufgerissenen Augen auf diese Gestalt, die ihn in seinen Bann zog. Fasziniert, fast hypnotisiert von dieser Erscheinung wollte er schon aufstehen und wieder hinter die Kulissen laufen, doch sein Nachbar hinter ihm riss Nestor mit seinem Geplapper aus dieser Faszination heraus. „Ja, das war's dann wohl, Sie waren zu langsam. Vielleicht kann man ja den kleinen Jungen noch mal herbeirufen. Eine Wunschkarte ohne Wünsche, was soll das schon sein." Neben ihm kicherten zwei andere, die den Äußerungen seines Nachbarn gelauscht hatten. Völlig von diesem geschwätzigen Menschen aus dem Konzept gebracht, stand Nestor auf. Er spürte, wie er wieder alle Blicke auf sich zog. Diesmal jedoch war er nicht mehr nervös. Ihm war es auch nicht mehr peinlich, dass er das Stück nochmals unterbrach. Was genug war, war genug. „Schluss mit diesem Wirrspiel!", dachte er sich und fasste den Entschluss, die Vorstellung zu verlassen. Er musste raus aus diesem Theater. Wenn er seinem aufdringlichen Banknachbarn entkommen wollte und durch noch mehr von diesen verwirrenden Visionen seinen Verstand nicht ganz verlieren wollte, musste er, so schnell es geht, in die Stadt zurück. Trotzdem blickte er noch einmal neugierig zum Vorhang und als er bemerkte, dass diese ominöse Figur nicht mehr zu sehen war, ging er erleichtert durch die Reihen der Zuschauer, lächelte hier und da einige verlegen an und trat endlich aus dem Saal. Er wunderte sich, dass er, nachdem er den langen Gang zum Ausgang hinter sich gelassen hatte, direkt ins Foyer kam. Das japanische Teezimmer war spurlos verschwunden. Vielleicht wurde das Zimmer, nachdem es seinen Zweck als Kulisse erfüllt hatte, einfach abgebaut oder, daran wollte Nestor eigentlich gar nicht denken, es hatte nie existiert. Vor dem Theater war alles still. Ohne die Menschenmassen, die beim Einlass Schlange gestanden hatten, wirkte das Gebäude ärmlich, kalt, abweisend und fertig zum Abriss. Bewegt von dem Gedanken, nur schnell in die Stadt zu kommen, lief Nestor über den knirschenden Schotter zu den Taxis, in denen noch Licht brannte. Glücklicherweise hatten sich einige Chauffeure hier eingefunden, um die Gäste nach der Vorstellung wieder zurück an ihren Bestimmungsort zu bringen. Als Nestor endlich in einem dieser Taxis saß und mit zitternder Stimme dem Chauffeur seine Adresse nannte, war ihm sichtlich wohler.

Ein unruhiger Schlaf hatte ihn in dieser Nacht geplagt. Träume und Alpträume jagten ihn durch die Nachtstunden. Fieberhaft hatte er von seinem Freund, von Chronos, vom Teemeister und der Figur hinter dem Vorhang geträumt. Mehrmals riss ihn die Angst aus dem Schlaf, dann tauchte er wieder in die Landschaften der Provence ein, ging über Felder, deren Farben vital und irreal waren, entlang an Waldrändern, spürte die Sonne des Südens auf der Haut und lauschte der Musik von Chopin, die ihn nach dem gestrigen Abend mit einem ganz eigentümlichen Gefühl berührte. Als er zur Mittagsstunde erwachte, schien tatsächlich die Sonne durch sein Fenster. Eine vertraute Atmosphäre und wohlige Wärme umgaben ihn, sodass ihm ein leichtes Lächeln über die Lippen huschte. Sogar der lange Regen hatte sein Ende gefunden. Das Ticken der Uhr an der Wand gab ihm die Zuversicht, dass jetzt alles wieder in seinen geregelten Bahnen ablaufen müsste. Sogar das sonst nervenraubende Jaulen und Kläffen des Nachbarhundes gab ihm die Sicherheit, zu Hause und geborgen zu sein. Jetzt wollte er jemanden finden, dem er alles erzählen konnte. Am besten wäre es, dachte er sich, er suchte seinen Freund auf und berichtete ihm über das Geschehene. Vielleicht, so hoffte er, würde dieser dann einige Antworten auf seine Fragen geben können. Nestor blieb aber noch eine Weile im Bett liegen und sann über alles nach. All diese Gänge, diese Zimmer, all die seltsamen Gestalten und dann dieses Déjà-vu. Am meisten aber beschäftigte ihn die Frage, wer diese Figur hinter der Bühne war und was diese von ihm wollte. Über diesen Fragen brütend zog er sich an, als wäre er in Eile, lief die Treppen hinunter, dann über die geschäftigen Straßen, vorbei an den lärmenden Geschäften in sein Lieblingscafé. Gedankenversunken setzte er sich an die Bar und bestellte wie immer zur Mittagszeit seinen Kaffee. Er fühlte sich, als ob er lange nicht mehr hier gewesen war, obwohl er erst gestern seine Mittagsstunden hier verbracht hatte. Die vertrauten Gesichter, der Geschmack seiner Zigarette und das Plaudern der Menschen gaben ihm jedoch schnell wieder das Gefühl des Vertrauten. Alles war so wie immer, mit Ausnahme der Bedienung hinter der Bar, die er vorher noch nie hier gesehen hatte. Sie musste wohl heute ihren ersten Tag haben. Als er das junge Mädchen wohlwollend bei der Arbeit betrachtete, bekam er einen kleinen Klaps auf die Schulter. „Der Herr Kritiker", schallte es neben ihm. „Wir haben uns ja ewig nicht mehr gesehen. Na, an was arbeiten Sie denn zurzeit? In der Zeitung liest man ja gar nichts mehr von Ihnen." Nestor wandte sich um und musste zu seinem Bedauern feststellen, dass er von Jonathan Brussler, dem ungebildeten und unkultivierten Verkäufer von was auch immer entdeckt worden war. Dieser war bekannt für seine ausführlichen Schilderungen über Dinge, die die Welt nicht interessiert. Man hatte in seiner Gegenwart das Gefühl, dass er immer irgendetwas außergewöhnlich Tolles anpreisen würde und sei es, dass er nur über das Wetter sprach. Ohne auf Antwort zu warten, redete Brussler, wie es immer schon seine Art war, einfach weiter. Da Nestor aber nicht unhöflich erscheinen wollte, lächelte er Brussler zu und gab ihm damit aber zu seinem Leid die Gelegenheit über Belangloses zu berichten. Es war schwierig, aus den Fängen des taktlosen Brussler zu entkommen, besonders dann, wenn man schon seinen Kaffee bestellt hatte und man unglücklicherweise auch ohne Begleitung war. Einmal in den Strudel des Monologes dieses Mannes gekommen, gab es kein Entrinnen mehr. Hier und da konnte Nestor nur noch mit einem wehmütigen Nicken seine Teilnahme an diesem Gespräch bescheinigen. Mit diesem Beitrag waren beide Parteien momentan zufrieden. Nach einer sehr langen Zeit gab Nestor endgültig auf zuzuhören und war wieder in Gedanken versunken. Brussler störte es anscheinend nicht, dass sein Gesprächspartner ab und zu an seinem Kaffee nippte und sonst stillschweigend auf seine Tasse sah. „Ist das nicht Ihr Freund, der auf der anderen Straßenseite uns zuwinkt?", stieß Brussler freudig aus und deutete mit seinem Finger zum Fenster. Und als auch Nestor seinen Freund entdeckt hatte, sprang er überglücklich über diese Erlösung von seinem Hocker und kam Brussler zuvor, der schon das neue Opfer herbeiwinken wollte. „Bitte entschuldigen Sie mich, aber es ist besser, wenn ich mich jetzt von Ihnen verabschiede, da ich mit meinem Freund noch sehr viel Geschäftliches zu erledigen habe." Ohne auf eine Reaktion von Brussler zu warten, schwang Nestor seinen Mantel um und rannte aus dem Café, um seinem Freund entgegenzulaufen. Dieser umarmte Nestor und sprach, als würde ihm ein Stein vom Herzen fallen: „Mein Gott, wo warst du nur so lange? Wir haben uns alle Sorgen um dich gemacht. Ich habe schon gedacht, dass die verdammte Flut dich mitgerissen hat!" Nestor war sehr überrascht, wie herzlich er von seinem Freund empfangen wurde, der sonst eigentlich nicht viel zu erzählen hatte; außer er hatte sich verspätet und erfand diese unglaubwürdigen Ausreden. Das Temperament schien mit ihm durchzugehen. Er drückte Nestor noch fester an sich. „Was für eine Flut?", fragte Nestor verwundert und versuchte sich von dieser zärtlichen Umklammerung zu befreien. „Außerdem weißt du ja, wo ich war. Ich war im Theater und habe mich mit deinem seltsamen Freund herumgeschlagen. Du weißt schon, diesem Chronos. Leider habe ich das Stück nicht ganz gesehen, sodass ich vorzeitig nach Hause fuhr", sagte Nestor und lächelte dabei. „Tut mir außerordentlich leid", fügte er noch hinzu, „dass ich deinen Auftritt und somit deine Überraschung verpasst habe, aber ich sage dir, sehr seltsame Dinge sind in der gestrigen Vorstellung vorgefallen. Aber noch mal, von welcher Flut sprichst du?" Sein Freund hatte den Mund weit geöffnet und sah Nestor aus großen Augen an. „Welche Flut? Na die, die das halbe Theater unter Wasser setzte …" Da lachte Nestor und erwiderte: „Na dann habe ich ja noch mal Glück gehabt, dass ich gestern Abend die Vorstellung früher als geplant verlassen habe." „Nein, nein", winkte sein Freund ab, „die Flut kam erst zwei Tage später …" Aber bevor sein Freund ausreden konnte, platzte Nestor in seinen Satz: „Zwei Tage später? Ich habe doch … Ich bin doch … Die Aufführung war doch gestern." „Welche Aufführung? Wovon sprichst du?", entgegnete sein Freund völlig irritiert. „Na du weißt schon, die von gestern, die von diesem Nelkenstein", sagte Nestor und runzelte dabei seine Stirn. „Nestor!", rief nun sein Freund und packte ihn dabei an seinen Schultern und machte ein sehr ernstes Gesicht. „Das Theaterstück von Nelkenstein ist nun genau ein Jahr her, hörst du, es ist ein Jahr vergangen. Deswegen haben wir uns Sorgen um dich gemacht. Wir haben schon das Schlimmste befürchtet. Wir hatten Angst, dass die Fluten dich weggespült haben. Du warst ein Jahr verschollen. Und jetzt tauchst du plötzlich wieder auf, als wäre nichts geschehen und willst mir irgendetwas von einem Theaterstück erzählen, das schon der Vergangenheit angehört. Junge, ich bin froh, dass du am Leben bist." Jetzt erst ließ er Nestor los und sah ihn dabei fragend in die Augen. „Ein Jahr?", stammelte Nestor und als er bemerkte, wie ernst sein Freund zustimmend nickte, wusste er, dass dieser nicht scherzte. Dafür kannte er seinen Freund nur zu gut. Nein, es war kein Scherz. Es war irgendetwas Seltsames geschehen, er hatte so etwas geahnt, konnte es sich aber nicht erklären. Was noch schlimmer war, war die Tatsache, wie er dies all den anderen beibringen sollte. Niemand würde ihm seine Geschichte glauben. Sie würden ihn auslachen, wenn er erzählen würde, was er erlebt hatte und dass nun scheinbar ein Jahr vergangen war und dass diese Zeit für Nestor nicht existent war. Also musste er die Wahrheit woanders suchen. „Ach ja, die Flut meinst du!", stammelte Nestor wieder. „Jetzt kann ich mich wieder erinnern. Stimmt, außerdem wollte ich dir noch erzählen, wo ich das Jahr über gesteckt habe, aber leider habe ich gerade sehr wenig Zeit", sagte Nestor und hob seine Hand, als er ein herannahendes Taxi entdeckte. „Ich werde mich bei dir heute Abend noch mal melden, dann können wir ja bei einem schönen Essen alles besprechen. Und übrigens, kannst du mir bitte deine Zeitung borgen, ich will mal sehen, was die Konkurrenz so schreibt", fügte er hinzu, riss seinem Freund die Zeitung aus der Hand und schwang sich in den Wagen, der bereits schon auf das Handsignal reagiert hatte und direkt neben Nestor zum Stehen kam. „Übrigens, sagt dir der Name Chronos irgendetwas?", fragte Nestor, bevor er dem Fahrer das Signal zum Losfahren gab; und als sein Freund ihm antwortete, ob es denn die Marke irgendeiner Uhr wäre, gab Nestor dem Chauffeur schon das Zeichen für die Abfahrt, der den schwerfälligen Wagen daraufhin sofort in Bewegung setzte. Nestor hob zum Abschied die Hand und lächelte seinem Freund verlegen zu. Dieser stand lange da und sah, wie das Taxi in der Ferne verschwand. „Sollen wir weiter ziellos durch die Gegend fahren?", fragte der Taxifahrer gleichgültig. Als Nestor nach langem Überlegen ihm die Adresse des Theaters nannte, sah der Chauffeur mit verdutzter Miene in den Rückspiegel. „Sind Sie sicher, mein Herr?" Und als er nichts mehr von seinem Fahrgast vernahm, lenkte er den Wagen stadtauswärts, um dem seltsamen Wunsch zu entsprechen. Nestor war schon in die Zeitung vertieft. Sein erster Blick galt dem Erscheinungsdatum.

Und als er dies mit bekümmerter Miene zur Kenntnis genommen hatte, blätterte er hektisch weiter. Die kleine, unspektakuläre Überschrift „Planung eines Güterbahnhofs im alten Gelände des Theaters" im Lokalteil der Zeitung zog die Aufmerksamkeit Nestors auf sich. Hastig las er den kurzen Text durch. „Abgerissen?", murmelte er vor sich hin und verstand erst jetzt, warum der Taxifahrer seinen Wunsch widerwillig angenommen hatte. Bewusst über die Sinnlosigkeit seines Unternehmens, das Theater nochmals aufzusuchen, um Antworten zu erhalten, und irritiert über das Geschehene, sinnierte er über seine Familie und seine Arbeit. Wie der Chef wohl auf sein Verschwinden reagiert hatte und ob sein Onkel, der sein einziger Verwandter war, überhaupt sein Fehlen bemerkt hatte. Vielleicht war er ja jetzt arbeitslos. Er müsste all das, was er sich erarbeitet und aufgebaut hatte, wieder von Neuem errichten. Jetzt erst bemerkte er, dass er sonst nichts und niemanden hatte, der ihn vermissen würde, auch wenn er fünf Jahre weggeblieben wäre, was würde es schon für einen Unterschied machen. Früher hatte er sich nie Gedanken gemacht über seine Kontakte zu Menschen, im Gegenteil, er hielt diese für äußerst lästig und unnötig. Er war mit seiner Arbeit, die ihn völlig ausfüllte, sehr zufrieden gewesen und er hatte ja einen Freund, mit dem er in Kontakt stand und mit dem er sich austauschen konnte. Alle anderen wollten ja nur ihren alltäglichen Ballast bei ihm loswerden. Die Welt bestand doch sowieso nur aus lauter

Brusslers. Kritik war sein Geschäft und seine Erfüllung. Die Angst über die Zukunft und der Gedanke an die Vergänglichkeit der Zeit waren bislang Gefühle und Erscheinungen, die ihn nur selten heimgesucht hatten. Trügerische Welt, erbarmungslose Zeit, welches Spiel versuchte man an ihm? „Bitte halten Sie an!" Nestor hatte einen schönen Feldweg entdeckt, der direkt zum Theater führen musste, er brauchte frische Luft, außerdem würde ein kleiner Spaziergang ihm guttun und ihn auf klarere Gedanken bringen. Der Wagen hielt an. Wortlos reichte Nestor dem Chauffeur das Geld durchs Fenster, nickte ihm freundlich zu und ging seiner Wege. Die Felder erstreckten sich zerklüftet und nach Erde duftend zu beiden Seiten. In sanften Wogen führte ihn der schmale Weg in das kleine Waldstück. Alle Töne verebbten hier. Trocken klangen die Gesänge der Vögel und dumpf seine Schritte. Sinnbetörender Pinienduft legte sich sanft über die Schneise. Nach dieser letzten Kurve musste nun der Platz erscheinen, an dem vor einem Jahr das Theater die Landschaft prägte. Als Nestor endlich auf dem Platz vor dem Theater stand, konnte er seinen Augen nicht trauen. Das Theater, es war nicht abgerissen, es stand noch, aber irgendwie freundlicher und einladender als das letzte Mal. Die Eingangstür öffnete sich und Chronos stand auf der Schwelle. „Wir haben auf dich gewartet", rief er Nestor freudig zu. Als ob er dies erwartet hätte, lief Nestor dem lächelnden kleinen Mann entgegen und war überglücklich darüber, seine Fragen endlich stellen zu dürfen. Wenn einer Antwort wusste, dann nur dieser ominöse Chronos. Bevor allerdings Nestor zum Reden kam, umarmte ihn Chronos, führte ihn ins Theater und hatte sich dabei wie ein alter Freund in Nestors Arm eingehängt. Voller Schwung betraten sie die Eingangshalle. Alles war vertraut, der Geruch, das Licht, sogar die sanfte Stimme von Chronos, der scherzend an der Seite Nestors hing. Doch im Augenwinkel hatte Nestor einen großen Spiegel entdeckt, der seine Aufmerksamkeit auf sich zog. Nestor drehte sich Richtung Spiegel, sodass auch Chronos ruckartig neben ihm zum Stehen kam. Mit einem Ausdruck der Fassungslosigkeit befreite er sich aus dem liebevollen Griff seines Begleiters und ging wackligen Schrittes zum Spiegel. Ein alter ergrauter Mann in gebückter Haltung ganz nach Art eines Greises stand vor ihm. Verlegen drehte sich Nestor zu Chronos um und als dieser mit bedauernder Miene ihm zunickte, musste er nochmals in sein Spiegelbild sehen. Fassungslos fuhr er durch sein schütteres, silbergraues Haar, seufzte tief und schmerzlich, dann aber ging ein Lächeln über seine Lippen. Er hatte alles verstanden.

hc Februar 2003

Der Habicht

Gib acht, mein Freund,
denn ich bin nicht dein Freund.
Ich bin nicht der Spatz,
der die Eule verrät.

Gib acht, mein Freund,
denn ich bin der Habicht,
der die verratene Eule jagt
und die Verräter bestraft.

hc Juli 1989

Der Alien

Erzähl doch mal 'ne Geschichte! Na komm schon, tu uns den Gefallen und unterhalt uns doch 'n bisschen. Irgendetwas, na mach schon. Vielleicht einen Schwank aus deinem Leben, vielleicht etwas völlig Erfundenes, merkt doch eh niemand. Erzähl doch mal, was du in deiner Jugend für Dummheiten gemacht hast! Warst du verliebt oder so? ... Wie?

Der Protagonist schweigt.

Was für einen Beruf hast du? Erzähl doch mal! Bist du Sportler, Funktionär, Geschäftsmann, Musiker, Künstler, Schriftsteller oder was? Macht dir deine Arbeit Freude? Komm, erzähl was über deinen Beruf. Da passiert doch am meisten. Damit verbringst du doch die meiste Zeit.

Der Protagonist schweigt.

Du hast mir doch erzählt, dass du dieses blöde Buch schreiben willst.

Der Protagonist nickt.

Also dann schreib verdammt noch mal! Unterhalt uns gefälligst! Was ist das denn für ein Autor, der keine zwei Zeilen schreibt?

Ist schon seltsam, will 'n Buch schreiben und tut's nicht. Auf was wartest du denn? Auf Godot? Der kommt nicht. Glaub mir, der kommt nicht.
Ich warne dich, lange warten deine Leser nicht, wenn du jetzt nicht langsam ein paar Zeilen schreibst.

Der Protagonist ist regungslos.

Wie lange sollen wir jetzt auf dich warten? Immer muss man auf dich warten.

Der Protagonist zuckt mit den Schultern.

So, was soll das jetzt werden – ein Boykott, eine Sabotage? Um Himmels willen schreib endlich! Das ist ja nicht auszuhalten. Hast du denn gar nichts zu erzählen? Hast du denn gar nichts erlebt?

Lächerlich, ein Buchautor, der nicht schreiben will. Kannst du nicht oder willst du nicht?

Der Protagonist schaut zu Boden.

Hallo, ich geh jetzt! Hallo, hörst du mich? Ich hab die Schnauze voll! Hallo!!!

Das nenn ich ja grotesk. Seht, Leute, hier!
Deutet mit dem ausgestreckten Zeigefinger auf den Protagonisten
Was für ein Meilenstein der Literaturgeschichte, was für ein literarisches Meisterwerk. Seht doch, meine Lieben, seht diesen Meister der Dichtkunst. Jawohl, hier steht es geschrieben. Und zwar nichts. Er hatte als Erster diese Idee. Jawohl, Jahrhunderte der Schriftstellerei und dann so was. Unvergleichlich unvergesslich, warum bin ich denn selber nicht draufgekommen … was für ein idiotischer Gedanke. Die nächste Seite ist leer.

Der Protagonist sieht kurz auf und kratzt sich den Kopf. So, das reicht. Jetzt sag ich auch nichts mehr. Ein Autor, der nicht schreibt, ein Leser, der nicht liest. Mal sehen, wie der Spaß weitergeht.

Der Protagonist greift zum Füller.

Komm, setz ihn schon auf! Der Rest kommt schon von alleine. Ja, schön Buchstabe für Buchstabe malen. Die Sätze bilden sich schon von selbst und wenn wir Glück haben, macht das Ganze sogar Sinn. Lass mal sehen. Komm schon, zier dich nicht so. Jetzt hab ich so lange gebettelt, jetzt musst du mich auch lesen lassen.

Der Protagonist nimmt kurz den Füller vom Blatt.

Was ist denn das? Das gibt's ja gar nicht. Du kannst doch nicht einfach das niederschreiben, was ich gerade sage. Hallo, das geht doch nicht.

Der Protagonist schreibt immer schneller.

Das ist doch Quatsch. Lass das! Das ist ja peinlich. Was soll das werden? Wie kleine Kinder, die alles nachplappern. Hör jetzt damit auf und schreib gefälligst was Eigenes. Das ist keine Kunst, was du da machst. Das ist nicht mal annähernd Literatur. So was nennt man im besten Fall Diktat. Der schreibt ja immer noch … Ich sag dir's jetzt ein letztes Mal, hör auf mit dem Quatsch. Das braucht kein Mensch. So was liest auch keiner.

Bitte, liebe Leser, wenn ihr gerade bis hierher gekommen seid, so geduldig wart, euch die Zeit zu nehmen, diesen ganzen Unsinn zu verfolgen, so bitte ich euch, hört jetzt einfach auf, diesen Unsinn weiterzulesen. Schnappt euch ein Buch und liest etwas Vernünftiges. Das hier macht nämlich überhaupt keinen Sinn. So wie ich den Protagonisten kenne, kommt der nämlich auf die Idee, diesen Schwachsinn zu drucken und zu veröffentlichen.

Der Protagonist grinst.

Hör sofort mit diesem süffisanten Grinsen auf. Und hör endlich auf mit dieser Kritzelei. Und du, hör jetzt auf weiterzulesen. Das ist Umweltverschmutzung.

Oh … sieh an, sieh an. Das ist ja ein ziemlich langes Wort, dieses „Umweltverschmutzung". Ausgesprochen hat man's ja schnell, aber wenn man das so geschrieben sieht, scheint es schon mehr Gewicht zu haben als ein schnell gesprochenes „Umwltvrschtzng". Ist schon interessant so was Niedergeschriebenes. Man kann es nachlesen, man kann es sich besser merken, besser verstehen, man kann es besser deuten oder sogar auswendig lernen, und je öfter man es liest, desto mehr glaubt man an die Richtigkeit des Geschriebenen. Das Geschriebene ist wertvoller als das, was man einfach so dahersagt, auch wenn's derselbe Müll ist. Das Ausgesprochene kann man besser ignorieren, dagegen ist das Niedergeschriebene schwer zu leugnen, totzuschweigen. Man muss es schon wegsperren oder verbrennen oder verbieten, verstecken. Gesetze sind geschrieben. Besitzverhältnisse sind geschrieben. Heirats- und Geburtsurkunden sind geschrieben. Tagebücher und geschichtliche Dokumente sind geschrieben. Alles Wichtige wird niedergeschrieben. Wichtige Geschichten, die wir nicht vergessen sollen, sind niedergeschrieben. Geschrieben, geschrieben und noch mal geschrieben. Es ist Segen, aber auch Fluch zugleich. Mit Schreiben kann ich die Geschichte ändern. Mit Schreiben bring ich euch zum Lachen und zum Weinen. Ich bring euch dazu, über euch und andere nachzudenken, im schlimmsten Fall manipuliere ich euch. Aber das Wichtigste ist: Das Niedergeschriebene bleibt in Erinnerung. Man vergisst nicht. Das Geschriebene brennt sich ins Unterbewusste. Ort, Zeit, Namen und Inhalte kommen in bestimmten Situationen immer wieder ins Bewusstsein.

Der Protagonist schreibt und schreibt.

All diese schönen traurigen, bitteren, süßen, spannenden, aufwühlenden, fesselnden, nachdenklichen, tragischen, komischen, skurrilen Geschichten. Was wären wir ohne diese. Vor allem aber haben mich immer diese Geschichten gefesselt, die nicht wahr sein konnten, aber man gleichzeitig immer ein „Vielleicht" auf den Lippen hatte. Wie diese berühmte Geschichte, die man, wenn man sie einmal gehört hat, nicht mehr vergessen kann.

So wie diese über den Eiffelturm, der angeblich 1889 für die Weltausstellung gebaut wurde. Tatsächlich aber von einem Außerirdischen, der auf unserem Planten gelandet war, erdacht, geplant und konstruiert worden ist. Dieser hatte bei seiner Bruchlandung auf unserem Planeten seinen Flugapparat derart ramponiert, dass keine Reparatur mehr möglich war. Er war zwar froh überlebt zu haben, saß aber auf einem Planeten fest, der nur als Zwischenlandung geplant war. Letztendlich verbrachte er Jahre damit, in menschlicher Verkleidung eine große Antenne zu konstruieren, die in der Lage war, Signale zu seinen Angehörigen auf einem entfernten Planeten zu senden, sodass diese die Koordinaten des Verschollenen hatten. Mit den archaischen technischen und wissenschaftlichen Mitteln der damaligen Zeit, war dies die einzige Möglichkeit, Rettung zu erfahren. Dies ist so eine kleine Geschichte, die man, wenn man sie einmal gelesen hat, nicht mehr vergessen kann. Immer wenn man den Eiffelturm sieht, egal ob auf Postkarte, im Fernsehen oder direkt in Paris, wird man an diese Geschichte und an den Außerirdischen denken, dessen Tarnung bis dato nicht aufflog.

Welche Einsamkeit der Außerirdische ertragen musste, um auf diese Weise Hilfe zu rufen und was für Leid er bei uns ertragen hatte, ist wieder eine andere Geschichte. Viel skurriler ist aber die Tatsache, dass der Eiffelturm, lange nachdem der Außerirdische von seinen Artgenossen abgeholt worden war, ebenfalls als interkontinentale Funkantenne gedient hat. Man wollte eigentlich den Turm ob seiner Hässlichkeit nur bis 1909 stehen lassen und dann abreißen. Der eiserne Eiffelturm oder „Dame de Fer", wie man ihn spöttisch genannt hat, traf nicht unbedingt den ästhetischen Sinn der damaligen Zeit. Die Funktion als interkontinentale Funkantenne hat ihn aber vor diesem Schicksal bewahrt und so ist dieses prachtvolle Bauwerk, das 40 Jahre lang als höchstes Gebäude unserer Erde galt, bis in unsere Zeit erhalten geblieben. Gustave Eiffel, seines Zeichens Chemieingenieur, der in einer Sprengstofffabrik arbeitete, erntete den ganzen Ruhm, obwohl es nachweislich nicht seine Idee war, diesen Turm zu konstruieren, geschweige denn zu bauen. 1879 hat dieser nur ein Trägersystem für Frédéric-Auguste Bartholdi entwickelt, der bekannterweise auch der Architekt der Freiheitsstatue war. Stephen Sauvestre war der eigentliche Konstrukteur. Angeblich sollte ein gewisser Koechlin der Auftraggeber sein. Koechlin hatte zusammen mit seinem Kollegen Émile Nouguier die Idee, solch einen Turm zu bauen, und fertigte die ersten Entwürfe an. Der Rest ist Geschichte. Welcher nun genau unser Alien war, obliegt der genauen Recherche und wird hier natürlich nicht verraten. Viele Ungereimtheiten rankten sich seither um den Bau des Eiffelturmes. Eine bemerkenswerte Tatsache ist, dass es beim Bau dieses monumentalen Werkes keine Unfälle oder gar Todesfälle gab, was für solch eine Bauunternehmung zu der damaligen Zeit mit den eher spärlichen Unfallverhütungsmitteln eher außergewöhnlich war. Der Tod war damals bei fast allen Großbauten alltäglich. Interessanterweise steht der Eiffelturm auf dem „Champ de Mars", zu Deutsch Marsfeld etc., etc., etc. Zu viele Zufälle, als dass man diese ignorieren kann.

Ich bin mir nun sicher, wenn ihr irgendwann einmal unter dem Eiffelturm steht, werdet ihr euch an diese Geschichte erinnern. Je öfter ihr diese Geschichte lest oder weitererzählt, umso wahrer wird sie werden. Sicher, man kann keine Beweise vorbringen, dass alles, was hier geschrieben steht, tatsächlich so passiert ist. Man kann im Gegensatz aber auch nicht beweisen, dass diese Geschichte nicht stimmen könnte. Die Beweisführung ist die Geschichte selbst. Sie ist erzählt, geschrieben und vervielfältigt worden. Damit ist sie wahr. Und ich bin mir ebenso sicher, dass, wenn genügend Menschen diese Geschichte lesen und weitererzählen, es irgendwann zurück zu euch kommen wird, und ihr werdet diese als selbstverständliche Wahrheit annehmen.

Der Protagonist grinst.

hc Juli 2010

Der Freund

Es war ein herrlicher Morgen, zwar lag der Nebel noch über dem Wald, aber die Sonne schien mit ihren kräftigen Strahlen bald hier, bald da durch den Nebel. Glücksgefühl und Frohsinn beglückten meine Seele. Ich stieg langsam aus dem Bett, reckte und streckte mich, atmete dabei die frische Waldluft ein, die durch mein offenes Fenster hereinströmte. Ich versuchte meine Gedanken zu ordnen, mich an den gestrigen Tag zu erinnern. Was war geschehen? War nicht ein Mensch gestorben? Doch in diesem Augenblick konnte ich keinen klaren Gedanken fassen. Die Finken, die Kohlmeisen und die Blaumeisen lenkten meine Gedanken durch ihr fröhliches Zwitschern ab. Es war herrlich, hier draußen in der Natur zu sein, weg von all dem, was die Menschen belastete, weg von dem ganzen Fortschritt, weg von der Heuchelei und Betrügerei, wo alles letztendlich in Selbstbetrug endete. Ich packte etwas Brot und guten Käse in meine Tasche, zog nicht, wie sonst gewohnt, meine Schuhe an, sondern ging barfuß hinaus. An diesem Morgen schlug ich einen Wanderweg ein, den ich nie zuvor gegangen war. Am Anfang stach es mich etwas an den Füßen, dann aber breitete sich vor mir das Moos aus, sodass es nur noch ein Genuss war, auf ihm zu gehen. Kaum war ich im Wald, quälten mich schon wieder diese Bilder, die in meinem Kopf wie verrückt tobten. Und nun zwang ich mich regelrecht dazu, mich an den gestrigen Tag zu erinnern, an den Tag, wo mein bester Freund gestorben war. Mit diesen Erinnerungen kamen auch wieder dieselben quälenden Fragen. Wer hatte ihn umgebracht? War es sein Vorgesetzter, der ihn immer wieder bis zum Äußersten getrieben hatte mit dem Vorsatz, dass dies das Beste für ihn sei. War es seine Frau, die seine letzte Hoffnung genommen hatte, waren es seine Freunde, die ihn im Grunde nur ausgenommen hatten wie eine gefüllte Weihnachtsgans, oder war es ich, der dies alles gesehen und ihm nicht unter die Arme gegriffen hatte? Hatte ich damals Angst, mich in etwas hineinziehen zu lassen? War ich ein Feigling? In mir brodelte es. Schuldgefühle kamen in mir hoch, dann hatte ich wieder Angst, wurde sauer und ärgerlich. Es ging eine Weile so weiter, bis da schließlich und endlich ein Bach kam, der mich mit seinem weichen Plätschern aus diesen Gedanken herausriss. Es war wie eine Kühlung für meine ganze Seele. Ich setzte mich an seinen Rand und nahm ein Stück Brot aus meiner Tasche. Ich war lange gegangen und hatte großen Hunger. Also biss ich ein großes Stück Brot ab und kaute daran, dann biss ich in den Käse. Er war herzhaft gut, richtig gereift, nicht zu alt und nicht zu jung. Als ich satt war, trank ich noch aus dem glasklaren Bach. Das Wasser war bekömmlich und süß wie Honig. Nun schien die Sonne über den ganzen Wald. Der Nebel hatte sich schon ganz aufgelöst. Also suchte ich mir einen Platz unter den Birken und legte mich etwas hin. Es war herrlich, dem Gesang der Vögel zuzuhören, ihr Zwitschern klang für mich wie ein Wiegenlied und prompt schlief ich auch ein.

Die Stunden vergingen und die Sonne stand längst nicht mehr im Zenit. Sie hatte schon den Weg zum Horizont angetreten, zur nächtlichen Bettruhe. Ein Dutzend aufgescheuchter Spatzen flatterte von einem Baum zum anderen. Dieses ohrenbetäubende Geschnatter weckte mich etwas unsanft aus meinem tiefen Schlaf. Nun bemerkte ich auch, dass es schon etwas kühler geworden war und dass einige Wolken am Himmel standen. Deutlich roch es nach Regen. Ich hatte den ganzen Tag verschlafen. Also brach ich auf, um den Weg, den ich gekommen war, wieder anzutreten. Unvermeidlich dachte ich wieder an meinen Freund, der in der Menschheit eingegangen war wie eine seltene tropische Blume ohne Wasser. Ich konnte mich nun ganz genau an diesen Tag erinnern. Ich wurde benachrichtigt, dass mein bester Freund in der gestrigen Nacht seiner Krankheit erlegen war. Die Ärzte belegten diese Krankheit mit einem komplizierten medizinischen Namen. Ich wusste, dass es nichts anderes war als Kummer, welcher ihn umgebracht hatte. Kummer und Einsamkeit, so würde ich diese Krankheit nennen.

Ich fuhr, so schnell ich konnte, zu dem Haus,

wo mein Freund gelebt hatte. Ein altes Haus, das seit Längerem hätte renoviert werden sollen. Als ich ankam, sah ich im Wohnzimmer seine Frau, die sich mit ein paar Ärzten unterhielt. Ohne viele Worte zu machen, schnellte ich die Treppen hoch, die zum Dachboden führten. Dort oben hatte mein Freund ein kleines Observatorium und sein Schlafgemach eingerichtet. In der letzten Zeit – nach Ausbruch seiner Krankheit – war das der einzige Ort, wo er sich gerne aufhielt und sich wohlfühlte. Da lag er nun regungslos tot in seinem Bett. Ohne jemals richtig gelebt zu haben, musste er diese Erde wieder verlassen.

Am nächsten Tag war die Beerdigung. Ich nahm teil und mit mir waren auch einige Leute gekommen. Sein Vorgesetzter war anwesend, der immer noch dachte, dass alles zu seinem Besten war, seine sogenannten Freunde, von denen der arme Teufel noch nie die geringste Hilfe bekommen hatte. Auch seine Frau war anwesend, die all seine Hoffnungen und seine Liebe geraubt hatte, und nun herabblickte wie eine Natter auf ihr Opfer.

Plötzlich geschah etwas Eigenartiges: Ich war wie gelähmt und ich konnte meine Glieder nicht mehr bewegen. Mir gegenüber, an der anderen Seite des Grabes, stand ich. Es war ein Spiegelbild von mir. Ruckartig bewegte es sich in Richtung Grab, warf einen Blick zu mir, lächelte mich an und sprang dann unvermittelt hinab in das tiefe Grab. Mein Ich viel tief und schlug hart auf. Mein Gesicht war neben dem meines toten Freundes.

Langsam hörte ich wieder die Predigt des Pfarrers. Der Spuk schien vorüber. Jetzt erst war mir alles klar. Ich lebte in derselben Welt wie mein Freund. Ich war er und er war ich. Wir würden dieselben Qualen erleiden. Ich wusste, dass ich alldem ein Ende bereiten musste. Der einzige Gedanke war, nur weg von hier, weit weg, um mich und die Seele meines Freundes zu retten. Also sprang ich mit einem Satz über das Grab und fing an zu laufen, als würde ich vom Teufel verfolgt werden. Ich spürte nicht einmal die mechanischen Bewegungen meiner Beine. Nach einer Weile stach es in der Brust und meine Gelenke taten mir weh, aber ich hatte zu viel Angst, um stehenzubleiben. Fiebrig rannte ich immer weiter, bis ich keine Kraft mehr in den Beinen hatte und fiel unsanft zu Boden. Ich muss wohl eine geraume Zeit ohnmächtig gewesen sein. Es war finstere Nacht und ich war wie benommen. Meine Kehle war trocken, alles tat mir weh, aber meine Gedanken quälten mich nicht mehr. Eine angenehme Ruhe verbreitete sich in mir, als hätte ich mein ganzes Leben auf diesen Moment gewartet. Ich stand vorsichtig wieder auf und machte mich wie ein kleines Kind, welches erst laufen gelernt hatte, auf wackligen Beinen wieder auf den Weg. Nach kurzer Strecke kam ich wieder zu der Biegung, wo ich mein kleines Häuschen sehen konnte. Ich hörte noch einen Kauz, der ein Trauerlied über diese Erde sang und gleich darauf davonflatterte, als plötzlich ein großer

Vogel über mich hinwegsegelte, ich wusste, dass es ein Habicht war, und fragte mich, wieso er zu dieser späten Stunde noch flog.

hc Juli 1988
überarbeitet am Juni 1993

Der Herzogskasten
(oder die Geschichte mit dem Maulwurf)

Wieder angekommen in der Stadtbücherei, mit der festen Absicht, eine letzte Geschichte für mein schier der Vollendung widerstrebendes Buch zu schreiben, merke ich, dass nicht nur draußen, sondern heut auch hier drin, in den mir mittlerweile vertrauten Räumen, ein helleres Licht scheint, nicht so wie gewohnt, dunkel und muffig, entsprechend dem Ingolstädter Wetter, sondern fast südländisch wolkenlos, wenn da nicht die meterdicken Mauern und das rustikal deutsch gestaltete Interieur von diesem Eindruck ablenken würden. Der Herzogskasten, so wird dieses Gebäude auch genannt, steht hier nun seit 1255 und ist eine schlichte, bollwerkartige Burg des gesammelten Wissens. Errichtet im Mittelalter und renoviert in der Neuzeit. Eine Bücherei, die seinesgleichen sucht.

Nicht immer waren hier sämtliche Werke der Antike bis hin zur Moderne gelagert. Ich kann mich noch gut erinnern, als hier noch kein einziges Buch verliehen wurde. Denn mit elf oder zwölf Jahren, das erste Mal ausgestattet mit meinem Büchereiausweis, war die Stadtbücherei ein paar Straßen weiter direkt am Rathausplatz untergebracht. Wir stürzten uns damals entsprechend unserem juvenilen Gemüt auf alle Comics, die da noch nicht von unseren gleichaltrigen Kollegen ergattert und für mindestens einen Monat aus dem Verkehr gezogen worden waren. Vor allem „Tim und Struppi" hatte es mir damals angetan. Intelligent, eloquent mit großem Mut und detektivischem Gespür hechtete mein damaliger Held, seines Zeichens Journalist, von einem Abenteuer zum nächsten. Löste alle Rätsel, die ihm in die Quere kamen, und entkam bisweilen allen todesgefährlichen Misslichkeiten mit großer Eleganz. Begleitet wurde dieser immer von seinem treuen und ebenso tapferen Struppi, eine Zierde seiner Rasse, ein Hund, ja vielmehr ein Partner, dessen unermüdlicher Eifer, zu helfen, jeden Helden zu einem Superhelden veredelte. Ein kleiner weißer Kläffer, mit einem Charakter ausgestattet, der, jeder Hunderasse erhaben, durch seine ebenso außergewöhnliche Intelligenz, an der Seite eines jeden jungen Mannes, auf der Suche nach unlösbaren Rätseln und Abenteuern aus, ein Ausrufezeichen darstellte.

Falls aber kein „Tim und Struppi" zu erbeuten war, begnügte ich mich damals auch gern mit „Lucky Luke". Wenn aber alle meine Helden von Artgenossen sichergestellt worden waren – in der Winterzeit gab es doch mehr Comicleser als in den anderen Jahreszeiten –, taten es auch „Asterix und Obelix" und bisweilen, um der Langeweile der langen Winterabende zu entgehen, „Isnogud", ein Antiheld, der es hervorragend verstand, von einem Fettnäpfchen ins nächste zu treten und dabei immer Kopf und Kragen riskierte, aber vom immensen Drang, Großwesir zu werden, nicht ablassen konnte.

Später siedelte die Stadtbücherei, mit demselben Personal ausgestattet, hierher in den Herzogskasten. Im Kellergeschoss gab es damals ein Novum. Ein großer Raum mit Kassetten und Schallplatten jeglicher Musik und Klanggattungen, die man sich vorstellen konnte, wurde installiert. Ein Paradies für das Gehör eines jeden Musikers, der sonst nicht die Möglichkeit hatte, eine so breite Palette an Interpreten vor die Flinte zu bekommen. Als Heranwachsender war das die Gelegenheit, sich in fremden, bis dahin noch unbekannten akustischen Welten zu verlieren. Es war die Zeit ohne Internet. Diese zukünftige Erfindung wurde gerade von den Militärs benutzt und sollte viele Jahre später für den zivilen Gebrauch freigestellt werden. Damit hatten wir keine Downloadportale, in denen man jeden beliebigen Titel sofort und jederzeit ab- und einhören konnte. So stürzten wir uns nach der Schule diesmal auf Kassetten und Schallplatten und nicht mehr wie früher auf die heiß geliebten und durch den regen Gebrauch nicht nur vergilbten, sondern teilweise auch zerfledderten Comics. Die Musik hörten wir auch gleich an Ort und Stelle an. Eine als Rundbogen gemauerte und mit rotem Kunstleder gepolsterte Sitzgelegenheit diente dafür, dass man mit den an der Schallplattentheke ausgeliehenen Kopfhörern sich direkt an seinem Platz einstöpseln und die ausgewählte Musik genießen konnte. Man hatte weder Kosten noch Mühe gespart und so hatte man kurzerhand die teuerste Technik, die man mit Geld kaufen konnte, eingebaut. Man hatte damals weder einen Walkman noch war man ein stolzer Besitzer einer Hi-Fi-Anlage. Kassettenrekorder mit ihren Zweizolllautsprechern und Transistorradios waren bis dahin das Erschwinglichste, was man sich kaufen konnte. Trotz aller Möglichkeiten hatte man es aber damals auf die Otto-Kassetten abgesehen. Eine kostenfreie Berieselung des damaligen Monopolhumors. Es gab kein Konkurrenzprodukt außer verstaubte Heinz-Erhardt-Tonbänder oder für die Jugend noch nicht geistig greifbare Loriot-Lektüren. Die Avantgarde des deutschen Pophumors verankerte sich somit in unseren Gehirnen, weit bevor das Stand-up in den damalig noch nicht vorhandenen Privatsendern Einzug hielt. Wir konnten Otto rauf und runter zitieren und kicherten und krümmten uns jedes Mal vor Lachen, auch wenn wir bis dahin alles zum trilliardsten Mal gehört hatten.

Jetzt, Jahre später, war ich wiedergekehrt, um eine Geschichte, vielleicht die letzte in dieser Kulisse, zu formen. Da mich mit dem Einzug der modernen Kommunikation der exponenziell dazu angestiegene Lärm beim Schreiben mächtig störte, war meine Entscheidung eigentlich schon gefallen, eine andere Location für meine Geschichten zu finden. Früher ertönte bei jeder kleinen akustischen Irritation sofort irgendwoher immer ein „Pst, pst!" und man nahm sich umgehend zusammen. Heutzutage bimmelt ständig irgendwo ein Telefon und man hebt nicht nur ab, um den Störenfried kurzerhand abzuwimmeln, nein, man erörtert vielmehr in aller Seelenruhe die gegebene Problematik lauthals und für jeden gut hörbar in die Apparatur und niemand scheint sich daran zu stören. So geschieht es, dass sich eine Mutter mit ihrem kleinen Kind, dessen Geschlecht ausfindig zu machen eine mittelprächtige Herausforderung scheint, unversehens in meiner Abteilung Romane L bis O verirrt und mit für mich unerträglich lautem Benehmen immer näher kommt. Ob der Dringlichkeit hin meine Geschichte voranzutreiben, versuche ich mich durch bewusstes Ignorieren weiterhin auf meine Tastatur zu konzentrieren. Sonst begrüße ich, wenn ich mich gerade in den Anfängen meiner Texte befinde, jede Art von Ablenkung als Gelegenheit, mich zu zerstreuen. Doch mein hypnotisiertes Starren auf die Tastatur zieht scheinbar die Aufmerksamkeit des Kleinen auf sich. Schnell hacke ich einige Wörter in die Tastatur, um meinen Schreibfluss wieder anzukurbeln und die Stille zu unterbrechen. Ich merke aber, wie sich der oder die Kleine von der bis dahin lauthals den Sinn der Regale erklärenden Mutter, die etwas von der wetterbedingten feuchten Luft eine unangenehme Modrigkeit ausströmt, löst und sich neugierig, aber vorsichtig zu mir herantastet. Wie Kinder eben so sind, verwurzeln sie manchmal neben fremden Menschen und starren sie erst einmal an, um zu verstehen, in welcher Beziehung sie nun zu dem Gegenüber stehen. Die heutige Erziehung scheint dieses Dilemma auf das Opfer abzuwälzen und nicht wie früher den Aggressor zu bändigen, indem man es einfach mit einem „Man starrt keine fremden Menschen an!" bei der Hand nimmt und es mit einem wohlgefälligen Lächeln wegführt. Das Problem ist jedoch, wenn dies nicht geschieht und kleine Kinder Zeit genug gehabt haben, einen Fremden auszumustern, dann auch unverhohlen die Kommunikation mit dem neuen Gegenüber beginnen. Doch ich lasse mich nicht locken und dreh mich nicht zu meinem Eindringling um, merke aber, da das Kind auch den muffigen Geruch von feuchter Kleidung absondert, dass es unmittelbar neben mir steht.

So fragt es mich: „Welches Spiel spielst du denn gerade?" Automatisch denke ich über diesen Satz nach und komme nur etwas langsam zu dem Schluss, dass es mit Laptops Computerspiele assoziiert. Würde ich mit einem kinderfreundlichen „Ja" antworten, würde ich den Quälgeist nicht mehr von meiner Seite bekommen. Die Ökomutter hatte diesen Vorfall natürlich nicht bemerkt oder wohlweislich übersehen und nutzt die Gelegenheit, sich um ihre eigenen Angelegenheiten zu kümmern, und sucht in aller Seelenruhe nach Büchern, blättert bisweilen darin und genießt offensichtlich den Moment ohne Balg. Nicht dass ich mit Kindern nicht gut konnte, aber je älter ich geworden bin, desto lieber zog ich es doch vor, die Gesellschaft von kleinen Kindern zu umgehen, da deren Banalitäten keine Begeisterungsfähigkeit in mir auslösten. Die Phrasen, mit denen man die Kleinen unterhielt und erheiterte, waren mir über die Jahre gänzlich abhandengekommen. Vielleicht wollten ja Kinder nicht kindisch behandelt, sondern ernst genommen und erwidert werden. Also erkläre ich mit etwas Widerwillen, dass ich gerade versuche, eine Geschichte zu schreiben und dafür unbedingt Ruhe brauche, quittiere dies mit einem Lächeln und hacke weiter ziellos in meine Tastatur. Aber es wundert mich dann doch nicht, dass mein neuer Beobachter nicht ablässt und neugierig weiterfragt. „Du schreibst ein Märchen?" Da man anscheinend in der Erziehung auch versäumt hatte, dass man fremde, ältere Menschen siezen sollte, fixiere ich nun den Störenfried, um eine kurze Abfuhr zu erteilen. Als ich aber in die freundlichen blauen Augen des von mir wegen der Blümchen, die auf den an den Handgelenken hängenden Handschuhen aufgestickt waren, ausgemachten Mädchens sehe, verspüre ich echtes Interesse der oder des Kleinen. Für einen kurzen Augenblick nehme ich die Phantasie und Abenteuerlust des strahlenden Eindringlings war, dessen Neugier nun noch größer wächst. „Nein, kein Märchen, aber eine Geschichte", stammele ich, um nicht zu viel von meinem Vorhaben preiszugeben. Unbeeindruckt plappert es aber einfach weiter; „Also ich hab auch mal ein Märchen geschrieben. Es war einmal ein Maulwurf …", quietscht es weiter und fängt an, mir in aller Gelassenheit eine Geschichte zu erzählen, die es anscheinend sehr bewegend empfand. Desinteressiert an dem Inhalt mustere ich das Kind, bemerke dabei, dass die marshmallowartige Kleidung durchgehend in Blautönen gehalten ist. Die dicke Jacke hat einen Fußballaufnäher und an der Mütze, unter der scheinbar nur kurze Haare hausen, klebt ein Piratensticker. Ich hatte mich wohl mit der Geschlechterbestimmung geirrt. Diese piepsige Stimme, die immer noch wild gestikulierend und sichtlich bewegt etwas von Maulwürfen weitererzählt, muss, obwohl die Redseligkeit mir das Gegenteil vorspiegelt, die eines Jungen sein.

Niemand scheint sich daran zu stören, dass der kleine Bengel eine außerordentlich hohe Lärmbelästigung verkörpert. Die Mutter hat sich schon drei Regale weitergestohlen und der Herr an der Information telefoniert unentwegt, als ich etwas unbeholfen aus meinem Stuhl aufspringe und dabei genauso wie der Kleine davon irritiert bin, welchen Größenunterschied wir doch haben. Eigentlich wollte ich durch mein Erheben dem Querulanten Einhalt gebieten, merke aber, als ich in das etwas verschreckte rotbackige Gesicht sehe, die Unverhältnismäßigkeit dieser Reaktion. Also setze ich mich etwas verlegen und hüftsteif wieder auf meinen Platz und ziehe dabei mit einem Grinsen meine Augenbrauen hoch, um zu verdeutlichen, dass alles in Ordnung sei. Nach der kleinen Schrecksekunde geht aber das Gequake in einer derart unverminderten Lautstärke weiter, sodass ich mich doch irgendwie lautstark zu Wort melden muss. Es kann so nicht weitergehen. Ich brauche dringend Ruhe. Erneut steh ich auf, diesmal gezielt, durchdacht, energisch und bewusst, finde aber wieder keine passenden Worte, mein Unwohlsein kundzutun. Um meine Unsicherheit zu kaschieren, klappe ich mein Notebook zu, klemme es hastig unter meinen Arm, schwinge meine Jacke schnell über die Schulter und ziehe sodann, ohne ein weiteres Wort, Richtung Aufzug los. Meinen Blick löse ich mit einer lächerlich unterstützenden Kopfbewegung vom Kind und ignoriere es so derart, dass ich hoffe, dass es die Verfolgung nicht aufnehmen würde. Ich wage mich den ganzen Gang bis zum rettenden Aufzug nicht umzudrehen, habe aber Angst, wenn ich den Abwärtsknopf des rettenden Fahrstuhls drücke, dass meine turbulente Flucht eine abrupte Pause erleiden würde. Obwohl beim ersten Mal das Licht angeht, presse ich mehrmals meinen Daumen nervös gegen den bereitwillig nachgebenden Knopf und fühle eine enorme Erleichterung, als die Metalltür den Weg der Rettung freigibt.

Doch was ist das: Der Kleine ist mir unmerklich gefolgt. Steht nun wie angewurzelt vor dem Lift, gottlob traut er sich nicht hinein und hat diesen „Wie konntest du gehen, ohne dich zu verabschieden!"-Blick, welchen er scheinbar schon des Öfteren geübt haben musste, da es absolut glaubwürdig traurig aussieht. Doch als ich seine Worte vernehme: „Willst du gar nicht wissen, warum ich den Maulwurf das gefragt habe?", weiß ich, dass es mein Desinteresse an seiner Geschichte ist, die ihn so missmutig aussehen lässt. Mit diesen Worten drücken sich die beiden Hälften der eisernen Pforte mit einem mechanischen Rattern zu. Während wir uns gegenseitig fragend ansehen und ich mit mir kämpfe, ob ich meiner geglückten Flucht oder meinem etwas ramponierten Gewissen den Vorzug geben soll, schiebt sich wie ein Speer aus dem Nichts, fast wie ein Karateschlag, eine Hand zwischen die sich schließende Tür. Diese zierliche Hand stoppt recht geübt genau auf der Höhe der optischen Schranke und bringt somit den Mechanismus des Aufzuges ruckartig zum Stillstand und ehe ich mich versehe, ist das Portal wieder offen. Mit einem leicht verlegenen Lächeln steht die bis dahin weder von mir noch von ihrem Sprössling vermisste Mutter vor mir, nimmt den Kleinen bei der Hand und drängt in den Aufzug. Dieser energische Eingriff und das brüske Eindringen in meinen Schutzkreis drücken mich weiter in das Eck des ohnehin viel zu klein geratenen Fahrstuhls. Etwas zerknirscht und konsterniert probiere ich mir noch ein gequältes Lächeln in mein Gesicht zu krampfen, versuche dabei, wie es meine Erziehung vorschreibt, so höflich wie möglich den beiden Invasoren etwas mehr Platz zu machen. All diese Reaktionen kommen bei mir automatisch, auch wenn ich das gar nicht so meine. In Wirklichkeit denke ich mir so etwas wie „Ach fahren Sie nur vor. Ich kann warten. Nehme dann den nächsten" oder „Hier ist nicht genügend Platz für uns alle, nehmen Sie doch die Treppen. Das kann dem Kleinen da ja nicht schaden", wage es natürlich nicht, so zu sprechen, und als der Mief, den die beiden mit in diese kleine Kammer mitgebracht haben, dampfend meine Nase hinaufsteigt, kann man, wenn man etwas Menschenkenntnis hat, an meinen etwas schief hängenden Mundwinkeln, der eine zeigt noch nach oben, während der andere schon kraftlos nach unten hängt, erahnen, dass dieser Mann am liebsten schreiend aus dem Aufzug herausspringen will. Nicht so aber diese beiden, die im Zeichen des Liberalismus gewohnt sind, sich jederzeit und überall breitzumachen. Diese Gattung ist ein Produkt unserer Demokratie und Fernseherziehung, die sich mit jeder Selbstverständlichkeit mit jedem auf Augenhöhe stellt und unreflektiert, anstandslos alle Rechte in Anspruch nimmt, dabei sich nie die Frage stellt, ob nicht möglicherweise Demut manchmal gut zu Gesicht stünde. In diesen Gesichtern der vielen, der allzu vielen steht stattdessen immer ein Halbwissen gepaart mit Aberglauben. Die scheinbare Toleranz für Arme, Bedürftige und Andersartige ist genauso geheuchelt wie die Liebe zu ihren Nachkommen.

So in die Ecke gezwängt stelle ich fest, wie schon auf irgendeinen Knopf gedrückt wurde. Ich bemerke aber mit Wohlgefallen, dass der Kleine zwar immer noch dieses Fragezeichen über seinem Köpfchen schweben hat, aber sich jetzt, in der Unerträglichkeit der Stille, doch nicht traut, weiterzuplappern. Bald ist das hier ausgestanden und das Leben geht weiter. Wie lang kann denn schon eine Fahrt über zwei Stockwerke bis zum Erdgeschoss dauern? Auch wenn sich meine latente Klaustrophobie nun langsam zu Wort meldet, versuche ich mir keine Blöße zu geben und setze mein geübtes Pokerface auf, lehne dabei meinen Kopf gegen die blecherne Wand, damit ich nicht ständig hinuntersehen muss, um mit dem fragenden Antlitz des nun mit einem Müsliriegel ruhiggestellten kleinen Mannes konfrontiert zu werden.

Nun, es kommt, wie es kommen muss. Die Wahrscheinlichkeit ist ja genauso hoch, wie vom Meteoriten erschlagen zu werden, wobei diese Vorstellung gegenüber dem, was mich tatsächlich erwarten würde, noch die angenehmere Variante scheint. Das Unerwartetste, der Super-GAU, kündigt sich an, denn unter einem ruckartigen Schlag und knarzendem, ächzendem Metall bleibt der Aufzug abrupt stehen, während die spärlichen Lichter wie in einem schlechten Film erst flackern und dann ganz ausgehen. „Ich glaube, wir stecken fest", bricht aus mir etwas unkontrolliert heraus. Ich kann diesen Gedanken nicht als real fassen und stehe in einem kleinen Schockzustand. Auch dem Kleinen ist spätestens jetzt nach meinen Worten der Schreck anzusehen. Nur die Mutter versucht mit einem ignoranten „Hoppla!" die Situation zu entschärfen. „Wollen wir doch mal sehen, welcher von den vielen Knöpfen die Klingel ist!", setzt sie bewusst mit kindlicher Sprache an, um damit dem Sprössling die

Angst vor der Dunkelheit etwas zu nehmen. Es ist allerdings noch so viel Licht vorhanden, sodass man die Gegenstände nach kurzer Gewöhnung der Augen gut erkennen und die Gesichter ausmachen kann. Doch nach mehrmaligem Drücken erscheint kein erlösender Klang und als ich noch anfange zu rätseln, ob ich mein Handy habe oder nicht, klappere ich hastig meine Taschen ab. Ich entsinne mich jedoch, dass ich es ja gerade heute absichtlich nicht mitgenommen habe, um in der Bibliothek ungestört meinen Gedanken nachgehen zu können. „Haben Sie vielleicht ein Handy dabei?", fragen wir uns fast gleichzeitig und sehen uns dabei irritiert von der Synchronität etwas erschrocken an. Ich klatsche mir etwas verärgert an die Stirn und versuche einen klaren Gedanken zu fassen. An den Mief, den die beiden mitgebracht haben, habe ich mich ja schon fast gewöhnt. Ich nehme ihn nur noch als dumpfen, feuchten Atem wahr, der aber zusehends meine Kehle zuschnürt. Also denke ich über die Möglichkeit nach, um Hilfe zu rufen oder gar zu schreien. Nein, das ist zu unmännlich, nicht vor Frauen und Kindern, denke ich mir, obwohl meine Platzangst nun langsam in Panik ausartet und ich anfange leicht zu hyperventilieren. Wie konnte das nur passieren? Warum jetzt und warum hier? Vor allem warum gerade mit diesen beiden? Konnte ich nicht mit irgendeiner hübschen Blondine oder von mir aus auch mit einer Brünetten eingeschlossen sein oder zumindest alleine? Gleichzeitig sehe ich jedoch, dass die Fassung des Kleinen, der bis dahin noch ganz tapfer dreinsah, sich nun langsam auflöst und ein Schluchzen durch sein bibberndes Kinn ankündigt. Es muss gehandelt werden, also klopfe ich etwas kraftlos gegen die hohle Metalltür und frage mit etwas übertrieben männlicher Stimme: „Hallo, ist da jemand?" Natürlich ist da jemand, denke ich mir und würde gerne über die Situationskomik schmunzeln, wenn mir nicht so elend zumute wäre. Am liebsten würde ich gegen die Wände springen oder wie James Bond aus der oberen Luke, die ja jeder Aufzug zu haben scheint, davonklettern. Jetzt würde ich gern grün anlaufen, dann erst die Kleider von mir reißen und dann unter tosendem Gebrüll diese blöde Tür, die unseren Weg ins Freie versperrt, eintreten. Vielleicht herrscht ja draußen ein Flammeninferno, phantasiere ich und wir sind die einzigen Überlebenden hier drinnen. Mag sein, dass meine Zurechnungsfähigkeit sich in Wohlgefallen auflöst, aber mein in meiner Visage eingefrorenes schiefes Lächeln soll signalisieren, dass meine Manieren noch tadellos funktionieren und ich uns hier aus dieser misslichen Lage befreien werde. Scheinbar hinterlässt aber mein allgemeiner äußerer Zustand einen weniger heldenhaften Eindruck.

Die Frau hält mir besorgt eine Plastiktüte entgegen. Sie hat wohl gemerkt, nachdem ich schon in die Hocke gesunken bin und mein Atem unnatürlich schnell geworden ist, dass ich hyperventiliere. Ich nehme die Tüte hastig entgegen, stülpe sie über Mund und

Nase und hechle hinein und sehe dabei auf Augenhöhe in das aufgelöste Kindergesicht. Eine sehr eigentümliche Situation für jedes Kind, ein Ausnahmezustand in einer Welt der Normalitäten und Banalitäten. Drei sich teilweise fremde Menschen, gezwängt in einen absurd kleinen Raum, versuchen sich aus einer misslichen Lage zu befreien, ohne dabei die Kontenance zu verlieren. Doch in kürzester Zeit sind Panik und Ausweglosigkeit in deren Verhalten zu erkennen. Der Instinkt, sich und andere zu retten, übersteigt jede Art von Antipathie und Dissonanz. Schlagartig sind die gewohnten Gedanken von der Priorität zurückgestuft und als unwichtig vergessen worden. Der Mensch ist doch ein Phänomen, eine Überlebensmaschine.

Die Frau kniet nun neben dem Kind, streichelt den Schluchzenden und tröstet es mit ruhigen langsamen Worten, die sich sehr samtig anfühlen. Ich nehme die Tüte von meinem Gesicht und sehe in die traurigen, rot angelaufenen Augen. Mit ähnlich ruhiger Stimme sage ich fast im Flüsterton: „Hey, guck mal, so müssen sich Maulwürfe fühlen, wenn sie unter der Erde graben. Aber jetzt haben wir ja genug Zeit, damit du uns deine Geschichte ganz erzählen kannst." Ich sehe noch, wie ein freudiges Lächeln über das Gesicht des Kurzen geht und falle unaufhaltsam, aber zielsicher in Ohnmacht.

hc Januar 2013

Der Brief danach

Sehr geehrter Herr Schriftsteller,

diese Anrede benutze ich, weil die Polizei mir Ihren Namen nicht verraten wollte beziehungsweise bis dahin, als sie schon im Abtransport begriffen waren, noch nicht wusste. Jedoch wurde mir versprochen, dass dieser Brief weitergeleitet wird und den Richtigen finden würde. Somit möchte ich ein wenig Licht in die Ereignisse bringen, die Sie wohl nicht mehr mitbekommen konnten. Dies ist auch ein Paradebeispiel, wie ein scheinbar harmloser Tag in einer Tragödie enden kann. Wie sie sich vielleicht selber erinnern können, war es ja eigentlich ein wunderschöner Tag mit mildem sonnigem Wetter. Möglicherweise können Sie sich ja nicht mal daran erinnern. Es muss sehr schlimm sein, sich an nichts mehr erinnern zu können. Ich habe nämlich zu Hause einen Hund, der auch ständig alles vergisst. Er kann sich nie entsinnen, wo er was vergraben hat. Ständig muss man ihn dorthin führen, wo er seine Knochen verbuddelt hat. Es ist nicht einfach, mit einem senilen Köter unter einem Dach zu wohnen. Irgendwann wird er auch vergessen, wer sein

Frauchen ist. Aber ich schweife ab. Wenn ich ehrlich sein soll, habe ich mir auch überlegt, diesen Brief nicht zu schreiben, damit Ihre einzige Erinnerung eben dieser schöne Tag sein sollte. Nun, da ich mich aber doch entschlossen habe, Ihre Erinnerung sein zu dürfen, werden Sie sich wundern, warum Ihre rechte Augenbraue aufgeplatzt ist und Sie mit Übergebenem besudelt worden sind. Ich hoffe inständig, dass Ihre offensichtlich teure Kleidung keinen bleibenden Schaden davongetragen hat. Ich hatte vergeblich noch versucht, das erbrochene Grün so gut wie möglich von der hellbeigen Jacke abzuwischen, habe dadurch womöglich das Ganze noch mehr eingerieben. Für das viele Blut kann ich allerdings nicht's. Als Sie nämlich unvermittelt mit blanker Stirn gegen diese Metalltür knallten und dann hinabglitten, konnte man in der Dunkelheit noch nicht sehen, dass Sie aus einer großen Platzwunde viel Blut verloren hatten, welches sich überall ausbreitete und durch Ihre unkoordinierten Bewegungen mit dem Boden und Ihrer Kleidung verschmierte. Auf der Krankenliege sah ich jedoch, dass wohl Ihre Nase auch in Mitleidenschaft gezogen worden war, da auch hier durch beide Nasenlöcher Blut ausgetreten sein musste. Erkennbar war dies –verzeihen Sie mir den Vergleich –, da Ihr Blut dunkelbräunlich zu einem Hitlerbärtchen vertrocknet war. Ich hoffe, Ihr Nasenbein ist nicht gebrochen, und wünschte mir, dass die unschöne Krümmung der Nase Sie schon von Geburt an begleitet. Ihre Ohnmacht kam derart unerwartet, dass ich erst Ihren Sturz gegen die Aufzugstür als verzweifelten Befreiungsschlag interpretierte. Später erst, als kein Laut mehr von Ihnen zu hören war, habe ich realisiert, dass wohl etwas Schlimmeres passiert sein musste. Sie haben dem Kleinen einen ganz schönen Schreck eingejagt.

Als nämlich die Lichter im Aufzug wieder angingen und mein Neffe plötzlich das ganze Inferno am Boden vor seinen Füßen sah, übergab er sich reflexartig. Ich hatte keine Gelegenheit mehr, dazwischen zu gehen. Ich muss sagen, nachdem ich Sie umgedreht hatte, erblickte ich kein sehr anmutiges Bild, und hätte unsere Rettung länger gedauert, könnte ich für nichts mehr garantieren. Auch mir war durch die Enge des Raumes, das ganze Blut und das Erbrochene ganz schön elend zumute. Ich hatte es zwar nicht geschafft, Sie wieder zur Besinnung zu bringen, aber dank Ihrer zierlichen Statur konnte ich Sie wenigstens in die stabile Seitenlage bringen. Als dann nach Stunden die Rettung endlich in Form von der Feuerwehr eintraf, entpuppte sich diese jedoch sehr ungestüm und brachial. Erst nach mehrmaligem Versuch, die Axt in den Schlitz der Tür zu rammen, um sie damit dann aufhebeln zu können, glückte die etwas ruppige Befreiung. Nachdem die Männer dann in den kleinen Raum hineingepurzelt waren – sie hatten wohl nicht damit gerechnet, dass das Tor so schnell nachgibt –, merkten auch sie, wie brachial ihr Auftreten war, als sie Ihr dumpfes Aufstöhnen vernahmen. Einer von ihnen trat nämlich unsanft auf Ihre Hand. Die Sanitäter waren allerdings nicht die schärfsten Messer in der Schublade, denn beim Versuch, die Trage mit Ihnen hochzuhieven, stellten sie sich derart dämlich an, dass das ganze Konstrukt schnell ins Wanken kam, und spätestens nachdem Sie dann auch noch von der Trage heruntergefallen und dumpf auf dem Boden aufgeschlagen waren, hatte ich Mitleid mit Ihnen. Seien Sie versichert, dass der auszubildende Sanitäter dafür auch gerügt wurde, dass er vergessen hatte, Sie festzuschnallen. Sie sollten sich allerdings, bevor Sie nochmals in Ohnmacht fallen, überlegen, wem Sie damit Schaden zufügen könnten. Ich sah selten, dass so viel Aufhebens wegen jemand gemacht wurde. Es wurde regelrecht ein Eiertanz um Sie aufgeführt. Der Schreck sitzt meinem kleinen Neffen bis heute noch im Nacken und er ist damit schwer traumatisiert. Ich sehe jedoch von einer Anzeige ab, da auch Sie zwar nur einen reversiblen, aber eindeutigen körperlichen Schaden erlitten haben.

Ich verbleibe mit vorzüglichen Grüßen

Rosa Karren-Dreckel

hc Februar 2013

Kinder Kinder

Der Wind hatte sich wieder verstärkt, die See kochte, der Regen trommelte auf dem Dach der Burg. Als würde die Natur mich nochmals bestätigend überzeugen wollen, dass allein sie die Macht über alles hätte. Ich hatte in der Nacht nicht geschlafen. Die meiste Zeit hatte ich mich an ihrem kleinen Bett aufgehalten und sie in ihrem unruhigen Schlaf bewacht. Meine kleine Tochter hatte sich eine Erkältung zugezogen. Doch stark und widerspenstig wie ihre Mutter trotzte sie der Krankheit. Bald würde es ihr besser gehen. Und die Alpträume dieser Nacht würden wieder vergessen sein, wenn sie wieder lachend in der Schule mit den anderen Kindern herumtollte. Es war alles noch einfach in diesem Alter, alles noch unbeschwert, noch keine Sünden, die einen das ganze Leben begleiten würden, keine Fehlentscheidungen und nichts zu bereuen, außer dass man vielleicht ein schlechtes Gewissen hatte, da man die Pralinen ohne das Wissen der Mutter aus dem Küchenschrank stibitzt hatte, welche dort eigentlich vor unserer kleinen Angelina versteckt gehalten waren. Alles war noch rein und unverdorben. Gnade ist jenen zuteil, welche diese Unschuld bis ins hohe Alter und weit drüber hinaus mit sich tragen können. Doch wer die Absicht hat, die Welt zu gestalten, um sie einem Guten zuzuführen, dem wird es immer wieder widerfahren, einst getroffene Entscheidungen zu bereuen. Und trotzdem streben wir immer danach, gestalterisch in die Geschehnisse dieser Welt einzugreifen. Doch was ist der Preis für das Erreichte und was ist die Belohnung? Was sind die Motive, die die Menschen bewegen, handeln lassen, manchmal verzagend, gehemmt, ängstlich, manchmal verwegen, stürmisch, heroisch? Wie erzieht man die Seinigen mit gutem Gewissen? Wann kann man sie getrost auf eigene Wege gehen lassen? Und wann ist das Loslassen zu spät? Dies sind Fragen der Eltern über Generationen. Und alle finden ihre Antwort erst dann, wenn alles Geschehene geschehen ist und nur noch ein Hoffen für die Zukunft übrig bleibt. Auf jeden Fall schuldig im Versagen der Nachkömmlinge und stolz im Erreichen der Krone des Glücks.

Mit diesen Gedanken bin ich mit meinem Regenmantel ausgestattet, den Kragen hochgeschlagen, die Klippen vor unserer Burg hinuntergegangen und stand nun auf einem Fels direkt am Meer. Hinter mir ist die Dunkelheit mit der grauen Burg. Vor mit wetzt das Meer den trüben Schaum bis vor meine Füße. Der Regen hatte etwas nachgelassen und mir diesen kleinen Spaziergang gestattet. Hin und wieder zuckte ein Blitz und erhellte die Unendlichkeit, die sich vor mir ausbreitete. Die See war aufbrausend und unbezähmbar, hatte aber dieselbe trübe Farbe wie der Himmel.

Ich dachte mir dabei, so müsse der Tod sein oder das nach dem Tod vielleicht. Oft habe ich diesen Tod zurückgeschickt, der mich immer wieder aufsuchte, um mich mit in seine ferne Welt mitzunehmen. Doch meine Aufgabe war in dieser Welt noch nicht erfüllt. Ich durfte noch nicht gehen. Noch musste ich das für mich Bestimmte erfüllen. Ich musste meiner Tochter noch so vieles sagen, ihr noch alles Wichtige zeigen. Dann dachte ich an die ganzen Menschen unten in der Stadt, sie lebten, als würden sie ewig leben, keiner Bestimmung folgend, jedenfalls keiner Bestimmung bewusst. Wenn ich durch die schmalen Gassen der kleinen Stadt ging, wo sich immer ein unangenehm süßer Geruch der Krämer ausdehnte und man sich gegenseitig ängstlich ansah, ängstlich seine Habe zu verlieren, ängstlich schlechte Geschäfte zu machen und froh Ahnungslose und Einfältige über den Tisch gezogen zu haben. Ich sah immer in ihren Augen, dass sie mich immer für einen fremden und seltsamen Menschen hielten, der nicht in ihre kleinbürgerliche Welt passte. Eine Mischung aus Angst, Respekt, Verständnislosigkeit und Neid war in ihren Gesichtszügen zu erkennen. Ich darf natürlich nicht alle Händler, Handwerker und einfachen Bürger dieser Erde über einen Kamm scheren und mit ungerechtem Maß messen, will aber meinem Unmut über einen bestimmten Menschenschlag, der wie eine Hyäne auf seine angeschlagene Beute wartet, der einem nicht aufrecht in die Augen sehen kann, Luft machen. Diesen Menschen, die Angst vor allem

Neuen, vor jeglichem Andersartigen haben, die schon in der Geschichte viele Unschuldige, die nicht in ihre kleine, beschränkte Welt passten, gejagt, gehetzt, verbrannt haben, die jeden Fremden, der nur seinen Durst an ihrem Brunnen löschen wollte, als Brunnenvergifter verurteilt und aufgehängt haben, diesen vielen, allzu vielen, denen es an Bescheidenheit und Demut fehlt, die von ihrem eigenen Ego und ihrer Habgier gepeinigt werden, verdanken wir die doppelzüngige Moral unseres Abendlandes, dessen Schizophrenie in der neuen Welt ihren Höhepunkt erfährt.

Nur ein in der Nähe niederzuckender Blitz riss mich aus meinen grauen Gedanken heraus. Der Regen peitschte mittlerweile so stark über die See, dass die Oberfläche des Wassers keine glatte Stelle mehr aufwies. Jetzt hatte die Natur beschlossen, meinen nächtlichen Spaziergang zu beenden. Also ging ich schnellen Schrittes den Weg zurück, den ich hierher gemacht hatte. Zu Hause angekommen umhüllte mich eine angenehme Wärme, die aus dem steinernen Kamin strömte. Die Glut war noch heiß, sodass sie den ganzen großen Raum in eine wohlige und freundliche Kammer verwandelte. Auf Zehenspitzen ging ich ins Zimmer meiner Kleinen und setzte mich behutsam neben ihr Bett. „Nur gut", dachte ich, als ich sie so zufrieden in ihre Decke eingekuschelt sah, dass sie noch nichts wusste von all den Menschen und ihren Unterschieden, von all den Gemeinen und Bösartigen, von all den Dummen und Groben. Auch sie wird von diesen Menschen irgendwann wie eine Fremde behandelt werden, obwohl sie hier geboren, aufgewachsen und zur Schule gegangen ist. Nicht die Herkunft unterscheidet, nein, es ist der Stand des Einzelnen, welcher die Menschen anders erscheinen lässt.

Ich muss wohl eingeschlafen sein, als ich nämlich die Augen öffnete, war es schon hell im Zimmer der kleinen Angelina. Sie hielt meine schon etwas ausgekühlte Hand in ihren warmen Händen und sah mich durch diese großen blauen Augen fragend an. Ihre Wangen hatten schon eine viel gesündere Farbe als gestern, wo sie noch mit ihrer Erkältung zu kämpfen hatte. Das Zimmer war von goldenem Sonnenlicht durchflutet. Das Gewitter musste scheinbar genauso wie die Erkältung meiner kleinen Tochter über Nacht vorbeigezogen sein. Ich versuchte mich aufzurichten und den Schlaf aus meinen Augen zu wischen. Als Angelina mich noch so etwas steif und unbeholfen sah, ging ein Lächeln über ihren herb geschnittenen Mund. Kaum hatte ich meine verlegenen Haare wieder in Ordnung gebracht, war die Kleine aus dem Bett gesprungen und spurtete barfuß über das Parkett quer durch den langen Gang in das Zimmer der Mutter. Dabei versäumte sie nicht, ihre Ankunft der Mutter mit einem lauten Geschrei anzukündigen. Als noch einige Bücher, Schuhe und Tischdecken den Weg freigeben mussten, war mir bewusst, dass dieses Temperament nur von der Mutter stammen konnte. Und als sie an diesen stummen Gegenständen vorbeiraste und diese hinter ihr wahllos durcheinandergewürfelt lagen, setzte sie schon zum Sprung ins große Bett der geliebten Mama an. Danach hörte man nur noch ein Gepiepse und Gekichere. Als ich ins Schlafzimmer kam, lagen die beiden schon völlig außer Puste und zerknäult im Bett.

Im Frühstücksraum angelangt ging es jedoch gesitteter zu. Die Mama hatte sich und ihre widerspenstige Tochter zurechtgemacht. Der Esstisch war, wie es bei uns Sitte ist, zum Wochenendbeginn feierlich gedeckt und überladen mit vielen feinen Speisen. Ich hatte schon in der Zwischenzeit die morgendliche Zeitung gelesen und mich dabei wie immer über die Banalitäten der Menschen geärgert. Nichtsdestotrotz ließ ich mir das Frühstück schmecken und als unsere Bedienstete mir noch Tee einschenkte und dann mit dem Abräumen des Tisches beschäftigt war, konnte meine kleine Tochter nicht mehr ruhig auf ihrem Stuhl sitzen, da sie sich nun auf die Stadt und das bunte Treiben am Markt freute.

Als wir alle drei versammelt im Gang standen und die Mutter noch mit der Kleinen zu kämpfen hatte ihr die Jacke überzuziehen, fuhr unser Wagen vor. Jetzt ging es wie jeden Samstag hinunter in die Stadt. Der Weg war mit dem Wagen schnell zurückgelegt und das herrliche Wetter und die schnelle Gesundung meiner Tochter trugen dazu bei, dass ich die trüben Gedanken von gestern schon fast vergessen hatte.

Trotzdem hatte ich immer ein kleines Unbehagen gegenüber dem Markt und seinen vielen Menschen mit ihrem schlauen Grinsen und gerissenen Mienen. Meine beiden Mädchen hingegen amüsierten sich fürstlich über die Einfältigkeit der Marktverkäufer. Denn beim Anblick schöner Frauen wurden diese reißenden Wölfe plötzlich zu säuselnden und zwitschernden Kanarienvögeln. Meine Frauen waren in ihrem Element. Alles bunt, marktschreierisch und üppig überladen mit allerlei, was die Menschen so brauchen oder glauben zu brauchen. Wir gingen durchs Gewühl, hatten manchmal sogar Schwierigkeiten, vom Fleck zu kommen. Die Dichte der Massen gab oft keinen Platz mehr für Vorwärtsbewegungen frei. Als wir endlich im Stadtpark ankamen, dessen Ruhe und der angenehme Duft der Bäume sichtlich die Menschen beruhigten, wo die Kinder miteinander ausgelassen spielten und die Eltern sich endlich um ihre eigenen Angelegenheiten kümmern konnten oder einfach ihre Gedanken freien Lauf ließen, geschah etwas Unerwartetes. Ich beobachtete den kleinen Harry, der mit seinem fülligen Körper von den anderen Kindern leicht zu unterscheiden war. Er war ein kleiner Junge von einfachem Hause und keiner allzu bedeutenden Vergangenheit und einer ebenso bescheidenen Zukunft. Ich kannte seine Eltern flüchtig. Sein Vater ein Taugenichts, der nicht mal ein Handwerk erlernt hatte und sich durch gelegentliche Geschäfte über Wasser hielt. Er war ebenfalls wie sein kleiner Sohn sehr korpulent. Diese

Übergewichtigkeit wurde zusätzlich noch dadurch verstärkt, dass die ganze Familie auch noch sehr kleinen Wuchses war. Er saß oft und gerne in der Gaststätte, trank für gewöhnlich gerne etwas mehr und schwang, wenn er in Stimmung war, große Reden über Politik oder bevorzugt über seine Heldentaten, die er als junger Mann vollbracht haben sollte. Hierbei waren die Ähnlichkeiten zu einem gewissen Baron von Münchhausen nicht zu verleugnen. Es waren die günstigeren Weinsorten, die er in der Regel in großen Mengen zu sich nahm. Trotzdem war er kein Säufer, der die Kontrolle über sein Benehmen verlor. Im Gegenteil, er war zuweilen sehr amüsant und erfinderisch, konnte jedoch manchmal mit seiner penetranten Art sehr aufdringlich werden. Über die Biertrinker aber rümpfte er die Nase. Denn für gewöhnliches Volksgetränk war er zu fein. Und was noch sehr erstaunlich war, war die Tatsache, dass man ihn den ganzen Tag nie etwas Festes zu sich nehmen sah. Man konnte ihn zwar immer beobachten, wie er an seinem Wein nippte, jedoch sah man ihn nie in der Öffentlichkeit etwas essen. Und man wunderte sich, woher diese körperliche Fülle kam. Die Frau Gemahlin war passend zum Ehemann ein einfaches Gemüt und ebenfalls mit einem sehr rundlichen Körper ausgestattet. Sie war vielleicht die Einzige, die ihren Mann für die großartigen Ruhmestaten bewunderte. Still erduldete sie die ganzen prahlerischen Geschichten des Gatten. Sie verübelte ihm nur, dass er das wenige Geld, was sie hatten, in der Gaststätte ausgab und dass er ständig zu spät nach Hause kam. Sie hatte Angst, dass die Leute schlecht über ihre Familie reden würden. Als gute Ehefrau tat sie alles dafür, dass die Familie gut bei den Nachbarn angesehen wurde und versuchte auch ihren Sohn brav bürgerlich zu erziehen. Dieser kleine Junge, der wie sein Vater seine Altersgenossen mit etwas vorlauter Art zu begeistern versuchte, der immer seinen fülligen Körper aus Scham mit Handtüchern bedeckt hielt, während er mit den anderen Kindern beim Baden war, der immer schnell zu heulen begann, wenn die großen Kinder ihn wieder geneckt hatten und über ihn spotteten, sollte heute einen unvergesslichen Tag erleben, von dem er im Alter immer noch zehren würde.

Meine Frau war neben mir auf der Parkbank ganz vertieft in ihre Lektüre, die sie mitgebracht hatte und an der sie schon eine ganze Weile las. Das machte sie immer, wenn wir hier saßen und ein wenig Ruhe einkehren ließen. Nichts konnte sie aus der Ruhe bringen, nicht mal der Kinderlärm, der an solchen Spielplätzen immer vorhanden war. Deswegen konnte sie auch das Geschehene nicht mit beobachten. Auch die anderen Eltern waren miteinander beschäftigt und ganz darauf konzentriert, das Mittagessen, die stetig steigenden Preise am Markt und die neuesten politischen Ereignisse zu erörtern.

Es waren drei junge Kerle, die den kleinen Harry schon eine ganze Weile beobachtet hatten und, wie Kinder so sind, sich mit dem ahnungslosen Kerl einen

Spaß erlauben wollten. Das Opfer war ganz vertieft, Angelina beim Schaukeln zu helfen und nahm seine Aufgabe sehr ernst. Meine Kleine hatte offenbar auch Spaß an dem kleinen dicken Jungen gefunden, der wie ein Schoßhündchen alles tat, was man ihm sagte. Obwohl er bestimmt drei bis vier Jahre älter als Angelina war, nahm er die Kleine immer sehr ernst und war überaus galant und zuvorkommend. Manchmal kam es mir vor, als hätte ein kleiner Elefant Ballettschühchen angezogen und hopste um eine kleine Prinzessin herum. Harry war von unserer kleinen Tochter so verzückt, dass er die Welt um sich herum vergessen hatte. Er bemerkte die drei halbstarken Jungs, die mittlerweile eine geraume Zeit direkt hinter ihm standen, erst dann, als Angelina verschreckt von den dreien aus der Schaukel sprang und Harry verdutzt ansah. Als unser dicker Romeo seine ständigen Peiniger nun auch entdeckt hatte, wechselte die Farbe in seinem Gesicht und es hatte den Anschein, dass auch plötzlich seine Kehle wie ausgetrocknet war, da ihm das Schlucken augenscheinlich schwerfiel. Man konnte förmlich sehen, was er nun dachte. „Oh Gott, nein, die schon wieder! Warum ausgerechnet jetzt? Ich werde mich schon wieder wegen diesen Halbstarken vor der hübschen Angelina blamieren." Diese oder ähnliche Gedanken mussten durch seinen Kopf geschossen sein, denn er brachte nicht mal ein einziges Wort aus seiner ausgetrockneten Kehle heraus. Was ist wohl schlimmer, dachte ich mir; sich vor einer Freundin bloßstellen zu lassen oder von drei größeren Jungs verhöhnt und bespottet zu werden? Wie würde Harry reagieren? Wie würde er sich aus der misslichen Lage bringen? Gab es überhaupt noch eine Rettung oder hatte der kleine dicke Junge sich seinem Schicksal schon ergeben? Erzogen, immer nachzugeben, immer zu flunkern, um sich aus jeder Affäre unbeschadet herauszuwinden. Es war ein leichtes Spiel für die schon halb erwachsenen jungen Kerle, die den geplagten Harry schon immer bloßgestellt hatten, die ihn in jeder erdenklichen Lage an seine Unfähigkeit und seine körperliche Fülle erinnert hatten. Es war auch immer einfach, hier und da, ein oder zwei Groschen zu erpressen, denn sie wussten, wehren würde sich ihr Opfer nicht. Der eine packte den Unseligen an seinem Ohr und flüsterte ihm etwas zu. Daraufhin schoss Harry die Röte ins Gesicht und leerte dabei hastig seine Taschen aus. Den Inhalt, der aus ein paar Groschen und einigen Süßigkeiten bestand, packten sie ein und stießen den zerknirschten Harry nun hin und her. Einer von ihnen hatte nun bemerkt, dass die Taschen noch nicht ganz geleert waren, sondern dass der kleine Dicke ihnen irgendetwas vorenthalten hatte. Als nun einer der drei Jungs den Unwilligen packte, damit der andere das Letzte aus den Taschen herausholen konnte, versuchte der Gepeinigte sich zu wehren und fiel dabei in den Sand. Es war zu spät. Der Rädelsführer hielt triumphierend einen kleinen Brief in die Luft. Dieser wurde trotz vehementem Protest, Bitten und Flehen geöffnet und laut vorgelesen. Ich konnte das Gesprochene aus dieser Distanz zwar nicht verstehen, aber als der große Junge mit einem Grinsen im Gesicht aus diesem Brief vorlas, kugelten sich die anderen beiden vor Lachen. Der arme gequälte Harry saß nun alleingelassen im Sand und dabei war ihm völlig elend zumute. Sein Gesicht war vom Weinen entstellt, Sand klebte überall an seinen Wangen, die Jacke war vom Kampfe zerrissen und das Schlimmste war, dass all dies vor den Augen der kleinen Angelina passieren musste. Und dann wurde noch sein Brief in die Öffentlichkeit getragen, der nur für seine Augen und die Augen des Empfängers gedacht war. Vielleicht war es ein Gedicht, geschrieben mit Zärtlichkeit, oder aber eine Liebesbezeugung, gewidmet der Liebsten; wie auch immer, der Inhalt hatte ihn enttarnt und entblößt, jetzt würde er am liebsten in die Erde versinken.

Ich war schon aufgestanden und ging Richtung Spielplatz, als nun meine Angelina sich einmischen musste. Sie ging schnurstracks auf den Rädelsführer der Bande zu, holte ohne Vorankündigung wie ein Fußballer mit ihrem Beinchen aus und stieß dem noch lachenden Jungen kräftig vor das Schienbein. Dieser, sichtlich überrascht, warf den Brief weg und schubste das kleine Mädchen so, dass es ohne Halt hinterrücks auf den Boden fiel und laut zu weinen begann. Als ich zum Laufen ansetzte, kam mir aber Harry zuvor. Dieser kleine unförmige Junge sprang, als er Angelina fallen sah, wie ein Tiger aus dem Sand und versetzte dem noch eben so furchteinflößenden Jungen einen derartig starken Hieb in die Magengegend, dass dieser unter lautem Stöhnen in die Knie ging. Ich war so erstaunt, dass ich langsamer wurde, um die Verwandlung eines kümmerlichen Angsthasen in einen reißenden Wolf zu sehen. Die Zähne zusammengepresst, die Fäuste geballt, den Nacken in die Schultern gezogen, mit dem eiskalten Blick eines Schlägers, hatte er sich den anderen beiden zugewandt. Nun waren die Gegner perplex. Das hatten sie nicht erwartet und es machte ihnen sichtlich Angst. Wie konnte dies nur geschehen? Diese Verwandlung, dieser Widerstand, diese Übermacht? Doch wie Statuen standen sie regungslos vor ihrem früheren Opfer. Doch ehe sie sich versahen, sprang Harry mit einem wuchtigen Satz den nächsten an und schlug auf den verängstigten Jungen ein. Die ganze Angst, die ganzen Peinigungen, all die Demütigungen und all die Pein waren in seinen Fäusten. Als nun auch der zweite mit blutender Nase keine Gegenwehr mehr von sich gab, merkte er, wie der letzte flüchten wollte. Wie in Trance rannte der nun zum Raubtier gewordene kleine Junge dem viel größeren nach. Es war ein unglaubliches Bild. Man konnte so etwas zwar hier oft beobachten, aber nur mit umgekehrten Vorzeichen, dass immer die Größeren die Kleineren scheuchten. Urplötzlich warf sich der Jäger mit einem Hecht in die Beine des Gejagten und riss ihn zu Boden. Dieser fing das Flehen und das Jammern an. Panik stand in seinem Gesicht.

Kreidebleich vor Angst hielt er nur seine Hände schützend vor seinen Kopf und fing das Weinen an. Als Harry immer noch mit geballten Fäusten auf ihm saß und nun bemerkte, dass keine Gegenwehr mehr zu erwarten war, kam er wieder zu sich, sprang erschrocken vor der eigenen Courage auf, sah erst fassungslos auf sein Opfer herab und versuchte nun seinen schnellen Atem zu beruhigen. Der jammernde Junge hatte diese kleine Pause genutzt, um aufzuspringen und wegzulaufen. Man konnte ihn von weitem noch hören, wie er unter Absingen schmutziger Lieder davonlief.

Mittlerweile war ich bei meiner Tochter angekommen und hatte den Sand aus ihrem Gesicht gewischt. Sie hielt ihre Arme ganz fest um meinen Hals geschlossen und schluchzte noch ein paar Mal. Auch der kleine Harry kam angelaufen und war noch völlig aufgelöst. Er brachte nur ein „Es tut mir leid, es tut mir leid" heraus. Als ich mich zu ihm herunterbeugte und ihm durchs Haar fuhr, merkte ich, wie schnell sein Puls raste. Dann sagte ich noch zu ihm: „Du bist ja ein richtiger Held." Jetzt kam wieder Farbe in sein Gesicht und er hatte ein ganz kleines Lächeln auf seinen Lippen. Er war ein Held. Das erste Mal in seinem Leben ein Held. Er hatte sein Leben für jemand anderen aufs Spiel gesetzt, seine Angst überwunden und seine Feinde in die Flucht geschlagen. Als wir gingen, drückte Angelina ihm noch einen kleinen Kuss auf die Wange. Ganz rot im Gesicht, aber mit einem breiten Grinsen stand er noch lange da und sah uns nach. Heute hatte sich sein Leben verändert. Er würde nicht mehr so werden wie sein Vater. Nein, er würde sich nie mehr schämen und sich nicht mehr verstecken. Er würde auch nie mehr lügen, um die Gunst der anderen zu erheischen. Er konnte jetzt aufrecht durchs Leben gehen. Er hatte erfahren, was es bedeutet, sich zu opfern, für Liebe zu kämpfen und er hatte den süßen Geschmack des Sieges erfahren. Zu Hause hatte er nichts von all dem erzählt. Er bewahrte diesen Triumph in seinem Herzen und wollte ab heute nur noch Taten walten lassen.

In unserer Burg angekommen fühlte ich mich eines Besseren belehrt. All die Fragen über den Charakter der Menschen wurden mir heute beantwortet. Es war mir klar geworden, dass nicht die Herkunft und die Bildung eines Menschen seine Zukunft weisen und sie adeln, sondern vielmehr der Charakter, der Wille und die Liebe den Menschen zum Adligen machen werden. Nicht die Blaublütigen sind den einfach Geborenen vorzuziehen, das zeigt uns nämlich die Geschichte oft genug, wohin der Weg der entarteten Aristokratie geführt hat. Nein, es ist nicht das Blut, welches den Menschen zum Adligen macht. Es ist die Demut, welche ursprünglich jedem Menschen innewohnt. Es sind die Gutmütigkeit und das Wohlwollen, der Mut und die Jovialität, die Enthaltsamkeit und die Selbstdisziplin, welche den Edlen vom Gemeinen unterscheiden. Die Herkunft und die Geburt liegen im Verborgenen. Die Erziehung und die Einflüsse der

Außenwelt liegen zum größten Teil in unserer Hand. Gegen Schicksal können wir nichts ausrichten, wohl aber unseren Charakter bilden und stärken. Denn es ist im Grunde unser Charakter, der uns adelt oder erniedrigt. So wird der Edle versuchen das Gute in seinem Leben zu mehren und das Böse zu mindern.

hc September 2002

Angelina

Verwinkelte Wege hinab in die Seele
durch dunkle Schächte
angekommen im Untertagebau der Gefühle.

Das Labyrinth des Lebens, verlockende Wirklichkeit
von den Schultern des Leibhaftigen.

Dort die Sucht, drüben die Gier und hier die Liebe.
Komm, meine Kleine, hier ist ein mit Falkenfedern
gesäumter Pfad. Komm, Schritt für Schritt;
Schritt für Schritt …

hc Oktober 2003

Die Ankunft

Die Kälte der weißen Wand schreit unstillbar ihre Erlebnisse in meine Seele. Steril und unwirklich sitze ich in einer Zwischenwelt. Keine Zeit in diesem Raum, nur Ankunft und Abfahrt. Ein Bahnhof der Geister. Ein langer Gang und viele Türen inmitten des Nichts. Viele sind gegangen und wieder viele angekommen. Der Körper lastet schwer auf der Wartebank. Die Gedanken sind rastlos und verirren sich ins Nichts. Der Atem ist flüchtig und unbeabsichtigt. Ich atme und ich denke, also muss ich wohl noch existieren. Ich darf hier sein als geduldeter Lebender. Ich darf noch nicht abreisen und angekommen bin ich schon seit Jahren. Nein, ich warte hier auf das Wesen, das aus dem Himmel in irgendeinem der Zimmer eintrifft. Ich warte, deswegen darf ich hier sein. Ich hoffe, deswegen darf ich sein. Auf der Suche nach Erklärungen strahlt der Sinn im Herzen des Wartenden. Doch die Türen schweigen, keine von ihnen will sich öffnen. Fahl ist die Farbe des Ungewissen, bunt dagegen das Leben. Plötzlich gibt es kein Richtig und kein Falsch. Es ist alles so, wie es ist. Es ist gut so. Es ist wahr und rein. Kein Arg und kein Gram, das das Sein duldet. Trotzdem schlägt das Herz ungestüm gegen die Stille, gegen die Kontemplation. Es will, es dürstet, es hofft und bangt. Das Blut gerät dadurch in wunde Bahnen und ich bin wieder da und so ist die Realität die Botschafterin der Ankunft und des Abschieds. Der Traum dagegen ist der Führer durch die Ewigkeit. Er ist der Fährmann des Lebensflusses, zu Hause auf beiden Seiten der Seele.

Demütig suchen meine Augen nach Halt. Doch der frisch gewienerte Boden lässt meine Blicke gleiten. Endlich berührt vom Engel der Hoffnung zentriert sich meine Sicht. Und wieder tief das Haupt gebeugt, geduldig wartend, das Innere sternenwach, zutiefst konzentriert bis ins Mark, und damit eins mit dem Lebenslied. Gerade jetzt im Augenblick der Heimkehr spüre ich in diesem Raum den Ausdruck der Strenge und der Milde der Schöpfung.

Mein betäubter Körper erhebt sich von der asketischen Wartebank. Ich mach ein paar Schritte: erst auf, dann ab. Wie der Takt des Lebens und der Ewigkeit, auf und ab, Schritt für Schritt, Schritt für Schritt. Ich bin frei, im Leid zufrieden, lebendig auch im Tod und bei allem Reichtum arm. So schreite ich Schritt für Schritt, Schritt für Schritt, wartend auf mein Schicksal. Die Zeit mit ihren schweren purpurnen Blüten will nicht vergehen. Angehalten von der Leidenschaft ist sie die Gefangene der Sehnsucht. Doch wenn Hoffnung versiegt, ist irgendwo noch ein Wetterleuchten, ein Funke, der das Feuer entfacht. So öffnet sich eine der Türen und der Raum ist lichtdurchtränkt. Es ist angekommen, angekommen aus dem Nichts ins Leben. Es ist vollbracht.

hc Februar 2004

Die Liebe und der Dämon
(Thomas Mann feat. Hakan Cesur)

Da saß ich wieder an meinem Schreibtisch und blickte in die Leere. Die feuchtwarme Abendluft zog durch das Fenster und füllte den ganzen Raum. Mechanisch zog ich wieder einmal an meiner Zigarette. Und dieses Gefühl, das schon vergessen schien, holte mich wieder ein. Ich merkte, wie es durch meinen Körper ging, unaufhaltsam, unwiderstehlich seinen Weg bahnend. Die Zigarette glimmte immer noch in meiner Hand. Der Rauch stieg auf und zeichnete Figuren. Wie damals. Genauso wie damals. Tanzende Figuren, die fast wahnsinnig meinen Geist benebelten, ihn in den Bann des Unfassbaren zogen. Das leise Ticken der Wanduhr ging durch den Raum, pulsierend floss es in meine Venen. Derselbe Rhythmus von Zeit und Leben. War dies schon ein Traum, wieder dieser dämonische Traum? Eine Auflehnung bäumte sich in mir auf. Ein leiser Hilferuf. Ein verzweifelter Akt der Befreiung. Ich wusste aber nur zu gut, dass es zu spät war. Jede Bemühung, sich von diesem Gefühl loszureißen, würde mich tiefer hineinziehen.

Da sah ich es wieder. Ein Dämon oder ein

Engel. Zufällige Bilder, tolle Bewegungen, erschaffen in einer fremden Dimension. Flehende Blicke, die mich hypnotisierten. Diese sanfte Stimme, dieser Duft. Diese wohlgeformten kühlen Hände, die sich an meine Wangen legten. Nun sah ich ihr Gesicht, sie sah in meine Augen. Mein Atem stockte. Diese Augen, diese vor Leidenschaft glühenden Augen. Dieser Körper, dessen Schatten, dessen Wogen mich zu einer fassungslos gewordenen Statue verwandelten. Ihr dunkles Haar legte sich sanft über ihre Schultern und glitt über ihre Brüste. Sie beugte sich vor, als wolle sie mir etwas ins Ohr flüstern.

Die Uhr tickte nicht mehr. Mein Blut pulsierte nicht mehr. Sie zog ihre Kreise um mich und ihr Duft der Leidenschaft breitete sich im Zimmer aus. Ich schloss meine Augen, um ihr zu entkommen. Aber dasselbe Bild tat sich wieder vor mir auf. Wieder kein Entrinnen, wieder kein Ausweg. Es tat mir tief in der Seele weh. Erst lächelte sie noch, dann kam sie näher. Und noch einen Schritt näher. Jetzt sah ich sie im vollen Licht. Zart, zierlich, zitternd vor Angst. Sie nahm meine Hand. Ich konnte jetzt ihren warmen Atem spüren. Ich zog ihn tief in mich hinein. Mein Herz blutete. Sie schlug ihre Augen auf und eine Träne, leuchtend wie ein Diamant, kullerte über ihre fahlen Wangen, über ihre seidenen Lippen. Ich hielt ihre Hände fest in meinen, ganz fest. Meine Augen waren zusammengepresst. Ich atmete wieder. Feurig war der Atem dieser Welt. Ich schluchzte ein paar Mal und brach in Tränen aus. Mein ganzer Körper zitterte. Nun wusste ich, dass, wenn ich meine Augen öffnen würde, sie wieder in ihrer eigenen Welt wäre. Also hielt ich meine Augen fest geschlossen und wagte nicht, sie zu öffnen.

Über meinen Schreibtisch gebückt, verzweifelt, ohnmächtig, saß ich nun wieder da. Die Wanduhr tickte wieder, als wollte sie sagen: „Es ist alles vorbei." Nichts hatte sich verändert. Meine Zigarette war erloschen und der kalte Rauch lag im Zimmer. Er hatte diesen betäubend süßen Duft verdrängt. Nun lehnte ich mich zurück, hinter mir knackte zermürbend die Stuhllehne, was durch all meine Glieder fuhr. Mir war klar, dass ich nicht mehr träumte. Ich wusste, irgendwann würde sie mich wieder besuchen. Ich wusste nicht, ob dieser Gedanke mir Trost oder Qual bereitete. Aber eines wusste ich. Wenn sie noch mal kommen würde, dann würde ich mit ihr gehen.

hc Mai 1993

Leise schleicht der Tod

– Was ist mit dir?

– Ich habe Hunger.

– Hast du heute noch nichts gegessen?

– Nein, niemand gab mir was.

– Da, nimm! Das Brot ist zwar trocken, aber wenn du lange daran kaust, dann macht es schon satt.

– Wo hast du das her?

– Es lag in der Mülltonne am Bahnhof. Das Brot war zwar am Boden der Tonne festgefroren, aber mit einem Stein habe ich es herauskratzen können.

– Die Leute geben zurzeit nicht viel, was?

– Manchmal habe ich Glück, wenn sie wenigstens irgendetwas Essbares wegwerfen. Man muss nur schneller sein als die Ratten.

– Wo ist eigentlich Ivan?

– Den hat heute die Polizei mitgenommen. Hat wahrscheinlich wieder versucht, etwas zu klauen.

– Der Arme kriegt bestimmt wieder 'ne ordentliche Tracht Prügel von den Bullen. Aber wenn er Glück hat, dann bekommt er wenigstens morgen früh etwas Tee und ein Stück Brot; und wenn er viel Glück hat, kriegt er vielleicht ein bisschen Marmelade. Das habe ich mal bekommen, wo sie mich ins Loch geschmissen haben.

– Die werden ihn sowieso morgen früh wieder laufen lassen. Und das Schlimmste ist, wenn er wieder zu den Großen kommt und die merken, dass er nichts mitbringt, dann kriegt er noch mal eine Abreibung.

– Was ist eigentlich mit dir? Warum zitterst du so? Ist dir kalt?

– Nein, vor zwei Tagen hat mich doch eine Ratte in den Finger gebissen. Seitdem ist mir so komisch.

– Das ist ja das Schlimme. Hier in der Kanalisation wimmelt es ja nur so von Ratten; aber draußen ist es zu kalt. Was bleibt uns anderes übrig? Bis der Frühling kommt, müssen wir mit diesen Biestern leben.

– Aber sag, Natascha, warum bist du denn hier gelandet?

– Ich bin von zu Hause weggelaufen!

– Warum?

– Meine Mutter hat mich ständig geschlagen und dann bin ich abgehauen.

– Warum hat deine Mutter dich geschlagen?

– Ich weiß es nicht. Oft war sie wegen irgendetwas sauer. Wenn der Besuch weg war, kam sie immer in mein Zimmer und schrie mich an. Dann zog sie mir meine Bluse aus, fesselte meine Hände auf dem Rücken und schlug mich. Ich flehte sie an und weinte, dass sie aufhören soll, aber sie wurde immer wütender und schlug immer fester mit ihrem Gürtel zu. Sie schlug und sie fluchte. Manchmal eine Viertelstunde. Dann ging sie wieder weg und ich lag bis zum Morgen mit gefesselten Händen im Bett. Mein ganzer Rücken und mein Bauch brannten vor Schmerz und später, wenn die Wunden trocken waren, juckte es, aber ich konnte mich ja nicht kratzen, meine Hände waren ja immer noch gefesselt, also rieb ich meinen Rücken immer an der Matratze.

– Wie hast du dich dann losgebunden?

– Mittags, als meine Mutter aufwachte und nüchtern war, kam sie wieder zu mir ins Zimmer, band mich los, umarmte mich und fing an laut zu weinen und zu klagen. Sie streichelte meinen Kopf, hüllte mich in die Decke ein, hielt mich ganz fest und weinte und weinte. Und als sie eines Tages wieder Männerbesuch hatte und sie Alkohol tranken, hörte ich, wie laut geschrien und gestritten wurde. Ich bekam große Angst, dass sie wieder in mein Zimmer kommt und mich schlagen würde. Ich habe meine Jacke angezogen, mir die Decke unter den Arm geklemmt und bin leise durchs Fenster auf die Straße und jetzt bin ich hier.

– Du hast aber eine böse Mutter.

– Ich vermisse sie trotzdem. Immer wenn sie mich in ihren Armen gehalten hat und weinend mir den Kopf gestreichelt hat, habe ich ihr alles verziehen. Was ist mit deiner Mutter?

– Sie ist auf der Straße von Kerlen erschlagen worden.

– Warum?

– Was fragst du warum? Ich weiß es doch nicht. Ich weiß es doch nicht. Verdammt, ich weiß es nicht.

– Komm schon, hör auf zu weinen, das bringt doch

auch nichts.

– Ich hab so Hunger und mir ist so kalt …

– Jetzt gedulde dich doch bis morgen früh. Morgen ist Sonntag und da können wir doch zur Mission zu Schwester Olga. Da kriegen wir bestimmt eine warme Suppe und dann kann sie vielleicht deinen Finger ansehen.

– Ja, du hast recht.

– Hat man dich nach dem Tod deiner Mutter nicht in ein Heim gesteckt?

– Doch, aber da bin ich weggelaufen.

– Wie alt bist du jetzt eigentlich, Ivana?

– Im Frühling werde ich elf. Und du?

– Ich weiß nicht so genau.

– Ist ja auch egal.

– Hauptsache, der Frühling kommt endlich und wir können hier wieder raus.

– Ich freu mich auch schon auf die warme Sonne. Vielleicht gehe ich wieder zur Schule.

– So was wie uns nehmen die doch nicht. Wir haben Läuse. Versuch lieber zu schlafen.

– Ich kann nicht schlafen. Ich muss immer an meinen kleinen Bruder denken.

– Was ist mit dem?

– Ich habe ihn heute nicht gefunden. Er wollte hier in der Nähe auf mich warten. Ich wollte ihm doch etwas zu essen mitbringen.

– Den finden wir morgen schon, schlaf jetzt!

Am nächsten Morgen wachte Natascha spät auf und wollte Ivana wecken, um gemeinsam zur Mission zu gehen; aber Ivana atmete nicht mehr. Im selben Augenblick taumelten betrunkene Menschen über den Gullydeckel zum Taxistand. Die Party im Palast zu Sankt Petersburg war zu Ende gegangen. Man hatte viel Krimsekt getrunken, Kaviar gegessen und ausgelassen gefeiert. Alles, was es an Polit- und Fernsehprominenz gab, war zur Feier anwesend gewesen. Natascha hüllte Ivana in ihre Decke ein, drückte sie an sich und streichelte ihren Kopf.

hc März 2003

Der Luftgräber

Im 23. Stockwerk sprang Evas Bruder aus dem Fahrstuhl, als wolle er vermeiden, dass bei dem rasanten Aufwärtsschub der Lift ihn mit in die Ewigkeit riss und als wäre es nur diese einzige Möglichkeit, den Halt hier zu nutzen, um dem zu entgehen. Dem Aufzug entkommen, sah er zaghaft zu dessen blank polierter Edelstahltür, die sich ruckartig, fast beleidigt hinter ihm schloss. Die säuselnde Musik aus der Kabine eilte sanft anderen Stockwerken entgegen, sodass in dem langen beamtensterilen Korridor mit dem Eintreten der Stille nur noch das hohle Brummen des Luftschachts zu hören war. Wie ein Eindringling schlich Evas Bruder durch den Gang, auf der Lauer nach der Zimmernummer 1600. Der glatt polierte Linoleumboden kam dem Wunsch des Suchenden, unentdeckt zu bleiben, entgegen und dämpfte großmütig seinen Schritt. Verwirrt suchten seine Augen im Schein der Neonröhren nach den vier Ziffern. Immer wieder glitt sein Fokus von dem kleinen Zettel in seiner nass geschwitzten Hand auf die nichtssagenden, aber bestimmt zuzuordnenden Schilder hinter matt schimmerndem Plexiglas. Das plötzliche Entdecken der Übereinstimmung von Zettel und Schild vernichtete jede Ausrede und jeden Widerstand in ihm, nicht einzutreten. Bevor er sich zu klopfen überwand, zog er seine schiefe Krawatte noch enger, als sie eh schon den ganzen Tag quälend zu eng an seiner Gurgel saß. Im Kopf ratterte es. In Gedanken alles noch mal durchgehen; auf den Punkt kommen; den Inhalt sachlich und schnell vortragen; erst gar keine Missverständnisse aufkommen lassen, auch wenn das Ende naht oder gerade deswegen.

Eva warf heute Morgen ihrem Bruder zum Abschied, so herzlich wie sich eben Geschwister verabschieden, noch einen flüchtigen „Wir sehen uns ja heut Abend wieder!"-Blick zu und bevor sie stumm in ihrem schon in die Jahre gekommenen Kleinwagen Platz genommen hatte, rückte sie noch, wie ein Ehepartner, die Krawatte des Bruders zurecht. In Gedanken, um doch noch den Tag positiv zu beginnen, schmiss Eva den Motor mit besonderem Elan an und erschrak beim ruckartigen Rückwärtsfahren vor der eigenen Courage und riss dabei fast den ganzen Körper um, damit sie noch rechtzeitig eventuelle Passanten, die ihren Weg über das Trottoir kreuzten, durch die hintere Windschutzscheibe erspähen konnte. Sie war nun nach diesem Temperamentsausbruch wach und hätte sie nicht schon zum Frühstück einen doppelten Espresso getrunken, so würde sie diesen Kick positiv erleben. So aber roch sie ihren eigenen Schweiß, der schlagartig in Hände und Achseln schoss, zeitgleich überkam sie auch noch ein hibbeliges Unwohlsein. Im

Leichenschauhaus würde sich, wenn sie ihren weißen Kittel überstreifen würde, niemand mehr an ihrem Odeur stören. Dort wartete ich auf sie, nachdem ich den vernetzten Gang durch die Korridore genommen hatte. Als ich mich mit meiner nicht uniformierten Kleidung als Eindringling outete, verwies mich ein junger Arztaspirant auf eine Wartebank und deutete dabei auf eine abgewetzte, nach Formaldehyd riechende Holzsitzbank, so, dass der Zeigefinger „Beweg dich aber nicht von der Stelle!" sprach. Gefügig und mit einem verlegenen Lächeln quittierte ich diese Ansage und freute mich über das bekannte Gesicht, das alsbald energisch durch die Flügeltür kam und mich überrascht ansah. Ihr Schweiß wurde durch die zuschwingenden Türen, trotz des ganzen Desinfektionsgeruchs, der im Raum vorherrschte, verstärkt an mein Riechorgan getragen. Nervös zog sie die linke Augenbraue zu einem „Was machst du denn hier?" hoch, hielt mir aber ihre rechte Hand zur Begrüßung hin. Der Arzt in spe nickte Eva zu und verließ den Gang durch die noch immer schwingenden Flügeltüren. „Ich dachte, ich treffe euch beide an …", kam es absichtlich aus mir herausgesprudelt. „Meinst du meinen Bruder? Der besucht mich doch nie bei der Arbeit! Allein der Geruch hier würde ihn umhauen. Du weißt ja, wie sensibel er ist. Hast du ihn etwa hier erwartet?" Ihre linke Augenbraue fragte mich immer noch, was ich hier wollte. „Ja, aber du weißt doch …", fuhr ich fast flüsternd fort, sah dabei wie in einem schlechten

Krimi, sehr geheimnisvoll, rechts und links den Gang hinunter und sprach dann noch leiser weiter: „… aber sein Seele …" Eigentlich wollte ich nicht mit der Tür ins Haus fallen und brach den Satz abrupt ab. Eva setzte sich. Fast gleichzeitig sank ich auch neben ihr auf die schäbige Bank und hatte noch ihre feuchte Hand in meiner. „Ist er etwa schon zum Amt?", fragte ich weiter und merkte, wie sie schuldbewusst auf den Kachelboden sah und ihre kühlnasse Hand aus der meinen zog. „Das heißt gar nichts. Er muss ja nicht betroffen sein. Auch die wissen ja erst nach dem Flug, was Sache ist", kam mir unerwartet forsch entgegen und diese linke Augenbraue wollte nicht aufhören zu fragen. Das war genau jene Frage, die sich jeder auf diesem Planeten nach dem misslungenen Terroranschlag in Afrika stellte. „Was mach ich hier?"

Die Medikamentenbombe, die eigentlich über Afrika nach Europa gebracht und eingesetzt werden sollte, detonierte aus unerklärlichen Gründen mitten in einem Land, in dem man eben keine Terroranschläge vermuten würde. Es traf, wie es eben immer mit Unfällen und Naturkatastrophen so ist, die Unbescholtenen, die Armen und die einfachen Menschen. Es war eben ein Versehen, ein Unfall. Auch Terroristen waren nicht perfekt, auch sie machten Fehler. Dieser Fehler wurde jedoch die dunkelste Entdeckung der Wissenschaft seit der Atombombe. Die Auswirkungen dieser Pharmabombe hatte das Gesicht der Welt derart verändert, dass nicht nur der einfache Mensch auf der

Straße geschockt und ratlos in seine Zukunft blickte, sondern auch Religionsführer, Geistliche und Humanisten einen herben philosophischen Schlag erlitten haben. Nichts war mehr wahr. Keine Ideologie, die des Menschen Seele betraf, hatte nach den Erkenntnissen, die man über den Überlebenden herausgefunden hatte, Griff. Das Okkulte, die Sekten und die Quacksalber erfuhren dabei eine ungeahnte Wiedergeburt. Wer aber den Anschlag geplant hatte, war ebenso unwichtig gewesen, wie wer das technische Know-how besaß, eine derart den Menschen psychisch spaltende Waffe zu bauen. Vielmehr war die Tatsache von brennendem Interesse, dass das Gebiet, in dem der verheerende Unfall passierte, von den Vereinten Nationen zum Sperrbezirk erklärt worden war. Nicht viele Informationen drangen nach außen. Man wusste aber, dass man mit dem betroffenen Volksstamm der Massai wissenschaftliche Versuche machte. Eine Psychobombe, die zwar den menschlichen Körper unversehrt ließ, aber perfide genug war, andere undefiniertere Teile des Menschen absterben zu lassen, musste untersucht und geheim gehalten werden. Erkenntnisse waren zäh und nicht fundiert. Wie es nach solch spektakulären Ereignissen üblich ist, sickerten allerlei Halbwissen und Gruselerzählungen an die Presse und damit unters Volk. Schließlich wurde ein zentrales Komitee gebildet und in Hongkong wurde zusätzlich ein Amt ausschließlich für paranormale Aktivitäten gegründet. Auch hier hatte nun die Globalisierung Einzug erhalten.

Ich konnte Evas Blick gut verstehen, hatte aber kein großes Verständnis dafür. Ich musste ihren Bruder schneller erreichen als meine Widersacher. Ich musste, bevor der faule Zauber aufflog, meinen düsteren Auftrag zu Ende führen. Einen im Grunde Fremden hatte sie sich gegenüber und je mehr sie über mich sinnierte, desto fragwürdiger wurde meine Rolle als der Freund ihres Bruders. Keine zwei Wochen kannte sie mich und trotzdem ging ich, als würde ich die beiden schon ewig kennen, in ihrem privaten Umfeld nach Belieben ein und aus. Das Vertrauen erschlich ich mir, indem ich den chronischen Geldmangel des kleinen Bruders, der eigentlich nach dem tragischen Verlust seiner Mutter keine Arbeit länger als ein paar Monate durchhielt, aufbesserte. Seitdem ging es in seinem Umfeld rapide bergab. Er wurde zum Sonderling und Eigenbrötler. Einer, der nicht vor die Türe trat, und wenn, dann von den kleinen Nachbarskindern mit nackt ausgestreckten Fingern empfangen wurde. Die einzige Konstante in seinem Leben saß mir nun wie ein Häufchen Elend gegenüber. Obwohl sie keinen Vater kannte und als die Ältere immer mehr Verantwortung als ihr jüngerer Bruder hatte, absolvierte sie eine Hochschule und promovierte in Medizin. Sie war die Art Mädchen, die sich auf Partys um den Ausschank der Bowle kümmerte und nicht tanzte. Keine Geschichten mit Jungs, damit keinen Partner und keine Kinder. Dies war der Tribut eines solchen Daseins. Immer von Neuem aufrichten, die Aufgabe der verstorbenen Mutter früh übernehmen und das Leben für den kleinen Bruder bunter und lebenswerter machen – das hatte eben seinen Preis. Und dieser Preis war nicht nur in der verlebten Frisur, sondern auch in den manchmal in die Ferne schweifenden und resignierenden Blicken zu erahnen. Hier war ich überflüssig. Ich witterte das Ende woanders.

Es klopfte an der Tür. Ein kurzes, bestimmtes, nicht zu heftiges, gleichmäßiges, aber nicht forderndes Klopfen. Es muss ein Europäer sein, dachte sich der Luftgräber und freute sich, einen Artgenossen im asiatischen Raum begrüßen zu dürfen. Er kannte das zaghafte, fast unterwürfige Anklopfen der Asiaten im Allgemeinen. Jedes Mal lief es ihm kalt den Buckel runter, wenn er ein solches „Tick, tick, tick" hören musste. Hinter solchem Klopfen erwarteten ihn immer unklare, undurchsichtige Motivationen. Meistens in einem Chinesischenglisch, das durchaus noch einen Übersetzer ins Englische verdient hätte. Eigentlich hatte er ja vor diesem schrecklichen Ereignis in Ostafrika einen durchaus zufriedenstellenden Beruf erwählt, der auch gute Perspektiven und Erfolgsaussichten barg, musste nun aber diesen Zeremonienmeister mimen, der ihm so gar nicht stand. Diese Position wurde ihm von der britischen Regierung in einer Nacht-und-Nebel-Aktion verliehen. Genauso unvermittelt musste er Abschied von Freunden und Eltern nehmen und ins ferne Asien reisen. Vorher hatte er als Beamter Ihrer Majestät ein sehr gemütliches und beschauliches Dasein, welches seinem Naturell entsprach. Er konnte seine Zeit sehr gut einteilen und hatte zudem noch genug Muße, um sich um seine Bienenstöcke zu kümmern. Seiner geheimen Leidenschaft konnte er hier in dieser engen Stadt, in der die Menschen emsig hin und her eilten und jeden Platz sich teuer erkaufen mussten, nicht mehr nachkommen. Hongkong glich eben jenem Hobby in Lebensgröße. Er galt in seiner Kleinstadt als ein sehr talentierter und angesehener Imker. Scherzweise wurde er sogar gern als Bienenflüsterer bezeichnet. Dann wurde aber das schon weit gediehene Talent doch auf dem Altar der Regierung geopfert.

Mit einem trockenen, aber bestimmten „Come!" bat der Luftgräber zum Eintritt. Ein nervöser, zittriger und verschwitzter Anblick kreuzte seine Sicht. Evas Bruder hatte seinen verhältnismäßig großen Kopf durch den Spalt der Tür hindurchgeschoben und sein Körper folgte zaghaft dem Herbeiwinken des Beamten in den sehr kleinen gestauchten Raum. Der winzige Ventilator am Tisch, der die losen Blätter im leichten Rhythmus in Bewegung hielt, deutete an, dass die Klimaanlage schon des Längeren ausgefallen sein musste. Das Licht der Neonröhren erinnerte mehr an einen Kellerraum als an ein internationales Amt.

(Der Einfachheit halber sind die folgenden Gespräche ins Deutsche übersetzt worden.)

„Bitte setzen Sie sich doch!", kam es standardmäßig begleitet mit einem britisch unterkühlten Lächeln.

„Haben Sie den Schein mitgebracht?", folgte unvermittelt, während er das Gesicht des Gegenübers musterte, um irgendeine Gefühlsregung herauszulesen. Evas Bruder zückte den ominösen Schein aus der Innentasche seines zerknitterten Jacketts und präsentierte es dem Beamten, als hätte dieser im Preisausschreiben gewonnen. Das Stück Papier zerschnitt den angespannten pulsierenden Umgang und stoppte scheinbar für einen Moment die Zeit; dabei schien die Rotation der Erde für einen kurzen Augenblick sich in Zeitlupe zu drehen. „Die Gesellschaft hält mich für einen Verlierer", wurde ihm erneut klar. „Die haben recht. Ich habe mit Sicherheit etwas verloren. Was genau es ist, weiß ich nicht, aber wenn es mir jemals wieder einfallen wird, werd ich es mir wieder holen", sinnte er vor sich hin, erklärte aber dem Beamten, dass er wisse, wer vor ihm stünde, dass er alle Formulare schon ausgefüllt habe und nun für die Bestattung bereit sei. Und auf die Frage, wann denn ihr Flug gehen würde, erwiderte der Luftgräber, dass jene Methode mit Flugzeugen schon veraltet und zu kostspielig sei und dass die neuesten wissenschaftlichen Methoden unter Berücksichtigung von Wind und Temperatur, die sogenannte Bestattung, getrost aus geringerer Höhe vollziehen könne. Ob es aber tatsächlich funktioniere, sei leider nicht nachweisbar, aber es bestehe Einigkeit darüber, dass viele Betroffene, die unter dieser Art der Spaltung leiden, nach der – hier verwendete der Luftgräber das erste Mal das Wort Prohumanita – der

Körper nicht mehr lange Zeit hätte, zu existieren, und alsbald auch der Betroffene versterbe. In den ganzen Erklärungen, die er wie einen vorbereiteten Monolog abgab, fiel auffallend häufig der Name Haller. Dr. Haller war sozusagen der Pionier in Sachen Seelenabspaltung, so prägte er die Bezeichnung Prohumanita und ist nunmehr eine Koryphäe auf diesem Gebiet und wäre nicht mehr wegzudenken. Den Doktortitel hatte er in Psychologie und Humanmedizin absolviert und war unter seinen Kollegen nicht unumstritten. Nach dem Bürgerkrieg in Kambodscha nahm er an dem medizinischen Projekt der britischen Regierung teil, welches, von den Geheimdienstlern als humanitäre Hilfe getarnt, ins Land gebracht worden war. Dabei kam es zu allerlei Versuchen an und mit Menschen. Natürlich alles auf Freiwilligenbasis. Es gab zwar belastendes Material und Zeugen, die vom Verbrechen an der Menschlichkeit sprachen, aber aalgleich wandte sich der schüchtern wirkende, zierliche Humanmediziner aus jeglicher gerichtlichen Misslage meist mit Hilfe von politisch populären und finanzkräftigen Gönnern heraus. Es war selbstverständlich, dass Dr. Haller nach dieser Zeit allerlei Geheimnisse umrankten und hätte er nicht sein Prohumanita-Projekt zum Erfolg gebracht, wäre er wahrscheinlich in Ungnade gefallen. So aber zierte zu Lebzeiten eine ernst dreinblickende obligatorische Marmorbüste des Entdeckers die opulente Eingangshalle. Von dieser Zeit der Ungereimtheiten stammte auch sein Spitzname Dr. Jekyll. Es gab sogar

Kollegen, die halb im Scherz von seiner Verwandlung zu Mr. Hyde berichteten.

Den Schein musternd, murmelte der Beamte: „Deswegen haben Sie ja die ganzen Tests durchlaufen, damit wir sichergehen können, dass bei Ihnen jeder Zweifel ausgeschlossen ist. Ich hoffe, Sie selber sind sich auch sicher?" Das Fragezeichen wurde mit sehr, sehr hoch gezogenen Augenbrauen, die die Stirn zu Falten zwangen, zu einem Ausrufezeichen interpunktiert. In der entstehenden Pause versuchte jeder dem anderen das Wort zu überlassen, also wuchs die Stille. Der Tischventilator surrte, Schweißperlen vereinigten sich zu nassen Bahnen und rannen den überhitzten Körper hinab. Alles fühlte sich klebrig, eng und unbehaglich an. Evas Bruder zog nochmals am Kragen, als wolle er seinem Anzug entkommen, und machte dabei ein schiefes Gesicht. Der Zeigefinger zwischen seinem pulsierenden Hals und dem zu eng geknöpften Hemdkragen rutschte halbkreisförmig um dessen Rand. „Ja, ich bin mir sicher. Meine Seele ist wohl gestorben", brach es aus ihm heraus, dabei erschrak er sich selber ob der Bestimmtheit seiner Stimme. Und mit einem banalisierenden „Gut!" setzte sich der Luftgräber auf seinen viel zu kleinen Bürostuhl und fing wild und scheinbar wahllos das Stempeln an. Diese letzten finalen Sätze riefen mich von der Ferne auf den Plan.

Mit viel Qualm und Knall traf ich im 23. Stockwerk des Hongkonger Hochhauses ein. Wie so oft war mein Auftauchen gewollt unbemerkt geblieben, bedeutete aber nicht minder Unheil. Die Menschen machten es mir mit ihrer destruktiven Technik und ihrem gegenseitigen Neid sehr leicht, unerkannt an ihre Seele heranzutreten, um diese dann mit mir in die Ewigkeit zu spülen. Wir lebten in der Renaissance der Parapsychologie. Was früher fromm durch Gebete geschützt für die Ewigkeit erhalten werden sollte, gilt nun in der Postmoderne der Kultur nackt und unbeachtet, bloßgestellt vom eigenen Beschützer, jedem Dieb als leichte Beute. Kriege des Glaubens und der Ideologien waren genauso überflüssig geworden, wie die Seelen selber. Es geht jetzt um Status, Nimbus und die Macht, die uns nur noch über die Materie zuteilwird. Damit hat die Schöpfung samt der Seele auch ihren Sinn verloren. War es denn in den ganzen vergangenen Jahrhunderten anders? Hatte denn der Mensch nicht immer eine Schwäche für Besitz und den unendlichen Hang nach Aberglauben, getrieben vom eigenen übermächtigen Ego gepaart mit Missgunst? Natürlich ist das so einem wie mir, dem die Ewigkeit immer ein Zuhause bietet, erstens völlig egal und zweitens alles nur recht und billig, doch fürchte ich manchmal die Störung der göttlichen Balance. Also gehe ich los, meine leichte Beute einzufangen, was sage ich, meine Blume zu pflücken. Wie erwartet, kam mir auch Evas Bruder in Begleitung des Luftgräber entgegen. Der Beamte führte der Zunft entsprechend den geknickten Mann an seiner Seite den Korridor entlang. Tröstend, ja fast väterlich hielt er dabei seine Hand auf den Rücken des stummen Begleiters. Mit „Das machen Sie tapfer" rang der Luftgräber seinem sichtlich ängstlichen Gefährten noch ein zittriges Lächeln ab. Tapferkeit! Ja, das wollte er hören. Das richtete ihn auf. Sein Herz hüpfte für einen kurzen Augenblick und ich spürte den Funken Stolz, der mir wogenartig entgegenkam. Ja, gut so! Eitelkeit ist meine liebste Sünde.

Dr. Hallers Sekretärin blickte lange nicht die vor ihrem Schreibtisch nun schon eine geraume Zeit stehenden Wartenden an. Das machte sie mit Neulingen ständig. Ein Ritual, das sie bis aufs Äußerste genoss und sie irgendwie immer in einen Zustand der Erregung brachte. Alle mussten an ihr vorbei, das wusste sie. Und jeder, egal welchen gesellschaftlichen Standes und Geschlechts, musste das spüren, ja vielmehr erleiden. Den Bittsteller warten lassen, etwas schmoren lassen, um das Niveau beider zu nivellieren, um eine neue Basis der Kommunikation zu schaffen. Sie hatte ein unendlich gutes Gespür dafür, wann das Gegenüber weichgekocht, aber noch nicht zum Amok bereit war. Jede unerwartete Regung, jede Änderung der Atemfrequenz, ja, es schien sogar, als fühle sie die Temperatur und die Hautspannung des Opfers. Die Antworten und Gegenreaktionen waren jahrzehntelang einstudierte, ausgefeilte Waffen und derart verfeinert, dass sie es mit jeder Schicht aufnehmen konnte. Sie stieß ebenso mit brüskem Ton, einer

Degenklinge gleich, unerwartet und zielsicher zu, wie sie überaus zuvorkommend, tadellos höflich und einnehmend wie eine Ordensschwester sein konnte. Ihr reserviertes, stets klassisches Äußeres tat ein Übriges. Dies alles war das Kriterium, um an diese begehrte Position zu kommen. Sie war die Berliner Mauer unter den Vordamen. Nachdem sie schon das „Guten Morgen!", betont beschäftigt, unbeantwortet ließ, sprudelte es aus Eva heraus: „Entschuldigen Sie bitte, ich würde gern Herrn Haller sprechen. Wir haben einen Termin!" Nur ganz kurz blickte die üppige Blonde auf, deren auffällig reichliches Make-up ihre Gesichtszüge noch distanzierter wirken ließ, um sich dann wieder, ohne Worte, zettelknisternd über die losen Blätter vor ihr zu machen. Dieser kleine Augenkontakt hatte schon gereicht, um Eva zu unterbrechen und wieder zur Wartenden zu machen. Die Situation hatte sich nicht geändert und just als Eva etwas tiefer einatmete, um einen Satz mit Ausrufezeichen zu beginnen, wurde sie wieder, diesmal von einer intensiver blickenden und zur Attacke ansetzenden Blondine, außer Kraft gesetzt. „Wie ist Ihr Name?", kam es wie aus einer Klimaanlage kalt entgegen. „Eva, Eva Brown und ich hatte …" Aber sie wurde mit einem „Sie haben einen Termin. Das sagten Sie bereits" erneut in die Schranken gewiesen. „Nehmen Sie bitte Platz. Ich werde Sie anmelden." Also setzte sich Eva nach kurzem Zögern wie gewünscht, wortlos, auf die schwarze Ledergarnitur. Sie brauchte jetzt keinen Krieg. Dieser Termin war zu wichtig, als dass sie ihn von einer Tippse kaputt machen ließe. Sie hatte aber eine Ahnung, dass es unter Umständen jedoch sehr lange dauern könnte, und war freudig überrascht, als unvermittelt Dr. Haller aus seinem Büro platzte. Er unterbrach seinen schnellen Gang zu seiner Angestellten, machte eine Drehung auf dem Absatz und steuerte auf Eva zu. Noch während er auf Eva zuspurtete, hatte er den stillen Protest seiner Sekretärin bemerkt, die von unten mit aufgeschlagenen Augen Einhalt gebieten und ihn, wenn es sein musste, sogar mit brüskem Hochschnellen stoppen wollte. Seine linke Hand hatte jedoch das Aufstehen seiner Vordame mit einem sanften auf die Schulterauflegen verhindert. Sie konnte nur noch mit offen empörtem Mund beobachten, wie Dr. Haller den Besuch eilig in sein Büro führte und sie völlig unbeachtet ließ. Dies kam einer Kriegserklärung gleich. Der morgendliche Kaffee wird kalt, fad und abgestanden schmecken. Termine werden ungefiltert durchgelassen und vielleicht wird sogar der Computer des feinen Herrn Haller so manipuliert, dass dieser sich noch wundern wird.

„Ich hoffe, Sie mussten nicht lange warten!", floskelte er gleich los, als die Türe hinter ihnen einrastete. Natürlich erwartete er keine langen Statements. Als er das nur allzu gequält höfliche Lächeln erblickte, gestikulierte er mit „Nehmen Sie doch bitte Platz!" und mit „Danke!" und „Bitte!" ging es mit Höflichkeiten weiter. Der Doktor überlegte noch kurz, ob er

einen Kaffee anbieten wollte, doch als er an die Zurückgelassene dachte, nahm er von diesem Gedanken genauso schnell wieder Abstand. Sie saß und er stand. „Sie kommen also von diesem Blatt … wie war denn gleich noch der …" Unterbrechend ploppte „Medica" aus Eva heraus. „Aber ehrlich gesagt, komme ich auch aus eigenem Interesse. Sozusagen als Betroffene …" Kaum ausgesprochen, zeigte die Miene des Mediziners Unbehagen. „Also nicht ich, sondern mein Bruder ist betroffen und wo also sollte ich hin, wenn nicht zu Ihnen, dem Einzigen, der diese Art von Phänomen erklären und einschätzen kann." Dr. Haller hatte seine bequeme, an den Schreibtisch gelehnte Position aufgegeben und stand nun aufrechter. „Also kein Interview, sondern eine Beratung?" Er hasste diese vielen, allzu vielen Betroffenen, die nach irgendwelchen neuen Erkenntnissen suchten, suchten und suchten und sich mit keiner Antwort zufriedengeben konnten. Nicht weil sie nicht wollten, sondern weil sie es einfach nicht verstanden und nicht verstehen konnten. „Für Beratungen stehe ich nicht mehr zur Verfügung!" Enttäuschung lag auf der Stimme. „Nein, nein, bitte verstehen Sie mich nicht falsch. Natürlich bin ich wegen unseres Interviews gekommen. Ich wollte Ihnen nur zur Erklärung geben, dass auch ich Kontakt mit diesem Phänomen habe …" Doch weiter kam sie nicht. Sie hatte zu viel auf eine Karte gesetzt, war zu ungeduldig gewesen und bekam einfach die Kurve nicht; außerdem verriet ihr leicht zittriges Kinn, dass bald

Tränen folgen würden. Sie kniff sich mit der linken Hand die Nase zu, hob die rechte Einhalt gebietend hoch und schluchzte ein „Okay!" und stand unvermittelt auf. „Bitte beantworten Sie mir nur eine einzige Frage! Ich werde Sie auch nicht weiter belästigen. Bitte!" Eine Träne hatte sich schon gelöst und ihre Bahn über die Wange gefunden. Dr. Haller hatte sich wieder an seinen Schreibtisch gelehnt, hielt wie ein Zauberer ein Papiertaschentuch in der ausgestreckten Hand und als dieses angenommen wurde, fuhr er sehr leise fort: „Soll ich diese Frage stellen? Diese eine Frage meine ich, soll ich sie stellen? Ich kenne all die Fragen und die meisten Antworten dazu. Aber die Betroffenen verstehen diese Antworten nicht und fragen immer weiter, immer weiter. Sie verstehen aber nicht. Keiner hat bisher verstanden. Nur Fragen … Das Geheimnis ist: Sie wollen keine Antworten und schon gar keine, die Sie nicht verstehen. Sie wollen, wie all die anderen, nur Trost. Und damit kann ich leider nicht dienen, Frau …", und als er in die traurigen Augen sah, hätte er beinahe doch noch einen Kaffee angeboten. „Lassen Sie mich mal eine Frage stellen", fuhr er fort. „Haben Sie schon einmal versucht, bis unendlich zu zählen? Die Antwort wird natürlich von jedem verneint, auch von Ihnen, da bin ich mir ganz sicher. Haben Sie schon mal beabsichtigt, bis zur Unendlichkeit zu zählen? Natürlich haben Sie das nicht. Wissen Sie, welche Zahl das ist, das Unendlich? Auch hier werden Sie mir keine Antwort geben können. Ich kann! Sie werden das aber nicht verstehen. Also sag ich Ihnen so viel: Egal, wie oft Sie anfangen werden bis zur Unendlichkeit zu zählen, Sie werden scheitern. Vergessen Sie aber bitte eins nicht. Jedes Mal, wenn Sie anfangen, fangen Sie mit der Eins an. Jedes Mal!" Man konnte Worte nehmen und damit Sätze bilden, aber diese hier waren keine Worte, die sinnig werden sollten, diese Worte waren einer Panzerkette gleich, hatten was von Kompromisslosigkeit und fester Ordnung, wirkten aber ebenso zerstörerisch und brutal. Eine seltsame Stille fuhr in den Raum, eine in der Art: „Das Schlimmste haben Sie hinter sich. Jetzt werden Sie gleich einschlafen …" Eva schluchzte nicht mehr. War der Kerl übergeschnappt oder wollte er sie auf eine perfide Art und Weise einfach nur loswerden. „Sie denken gerade: Ist der Kerl übergeschnappt oder will er mich nur auf eine perfide Art und Weise loswerden?", unterbrach der Doktor Evas Gedanken. Evas Mund stand weit offen. „Wer sind Sie? Warum können Sie Gedanken lesen?", kam es aus ihr mit einer fast panischen Stimme. „Nein, ich bin nicht Gott und nein, ich arbeite auch nicht mit Zaubertricks. Ich möchte Sie bitten, nun zu gehen. Ich habe noch einige wichtige Termine." Die Bürotür wurde weit geöffnet und der Arm mit dem ausgestreckten Zeigefinger am Ende zeigte den Weg nach draußen. Eva versuchte krampfhaft an mich zu denken. „Wissen Sie gerade, an was ich denke?", fragte sie noch ungläubig mit prüfender Stimme, halb in der Tür stehend. „Wir wissen beide, an wen Sie denken.

Und glauben Sie mir, Sie sollten Ihre Freunde mit besserer Sorgfalt auswählen." Die Tür schloss sich hinter ihr und Eva sah in das süffisant grinsende Gesicht der Vordame. Ohne ein Wort rannte sie aus dem Vorzimmer, die Treppen hinunter, quer über das prunkvolle Foyer, hinaus auf die quirlige Straße. Statt Antworten hatte sie nun noch mehr Fragen im Kopf. Völlig aufgelöst setzte Eva sich auf eine Wartebank, vor der für gewöhnlich Busse anhielten. Der Straßenlärm, die Hektik der Menschen und das schmutzig graue Wetter taten den wirren Gedanken nicht gut. Wie Gummibälle hopsten diese in der Enge der Schädeldecke.

Mit den ausgelatschten Schuhen des verstorbenen Vaters ging Evas Bruder schlurfend schweren Schrittes die scheinbar in die Unendlichkeit gehenden Treppen zum Dach immer weiter hoch, bis der Gipfel dieses Hongkonger Hochhauses erklommen war. Ausgerechnet jetzt musste er, da er beim Treppensteigen ständig auf seine Schuhspitzen starrt, an seinen jähzornigen immer unzufriedenen Vater denken. Nie hatte dieser einen förderlichen positiven Gedanken in seinem Leben hinterlassen. Und jetzt wo seine Zukunft mehr als ungewiss schien, erschien vor seinem geistigen Firmament der übermächtige Vater, mahnend und schimpfend zu gleich. Nur ein kleiner Deut aus der Vergangenheit und eine Lawine voll Erinnerungen wurde ausgelöst. All dieses Misstrauen und Entmutigungen, diese Strenge und Ungerechtigkeiten. Trost,

Wohlwollen waren dagegen Attribute, die in dieser Familie nicht existent schienen. Die farblose Mutter unterstrich die trostlose Erziehung. Und so hatte Evas Bruder immer um Anerkennung kämpfen müssen, aber so krampfhaft, dass der Erfolg ihm immer versagt blieb. Schlussendlich zwang er sich immer weiter in Persönlichkeiten hinein, die nichts mehr mit ihm zu tun hatten, nichts mehr Authentisches hatten, nichts mehr Liebenswertes hatten und Liebe war doch alles, um was es ging, aufrichtige, bedingungslose Liebe gegenüber dem Sohn. Was ist los mit mir? Wo bin ich da hineingeraten? Sinnierte er vor sich hin als sich vor ihm die Brandschutztür zum Flachdach öffnete und er schlagartig den strengen Wind im Gesicht spürte. Die Gebäude ringsum waren so dicht aneinander gebaut, dass es den Eindruck erweckte, er sei auf einem Gipfel eines Berges angelangt und um ihn herum erstreckten sich hunderte solcher Berggipfel. Es wohnten Menschen und Schicksale in diesen durchlöcherten Bergen. Er konnte sogar tief in sie hineinsehen. So sah er durch ein Fenster eine Frau im roten Seidenkleid mit einer Geige unterm Kinn. Musizierend wiegte sie sich wie ein Schilfhalm im Winde hin und her. Zwei alte Herren saßen ihr gegenüber mit ihren dicken Zigarren in ihren breiten Sesseln und verschlangen sie mit ihren Ohren. An einem anderen Fenster fläzte eine Siamkatze zusammengekauert und sah teilnahmslos runter auf die Strasse. An einem anderen saß ein junger Kerl in Unterwäsche an einem kargen Tisch, gebeugt über einer dampfenden Tasse. Dutzende solcher Bilder prasselten auf ihn ein. Dutzende Lebensbilder, und eines davon war er. Ein Lebensmotiv unter Millionen und Milliarden. Ein Überlebens- und Glücksplan im Schlepptau durch das Leben. Bestimmt nicht einzigartig und bestimmt nicht originell. Nein, im Gegenteil, sehr profan und einfältig, aber zwanghaft.

Ich sah ihn an und hob zum Gruss die Hand, doch er konnte mich noch nicht sehen und verharrte in seiner Schwermut. Eigentlich wollte ich in Erscheinung treten und ihm ins Ohr flüstern, dass seine Schwester gerade die Treppen hinaufstürzt und zur Rettung eilt, aber dann hielt ich doch inne. Dr. Haller war, wie ich es erwartet habe, schon vor uns allen da und begrüsste seinen Luftgräber. Er sprach mit seinem Angestellten und rieb sich mehrmals die Hände. Beide hatten allerdings nicht registriert, dass Evas Bruder sich rasch von den beiden abwandte und Richtung Abgrund ging. Erst als er auf die kniehohe, gemauerte, Begrenzung stieg, seine Fußspitzen an den Rand positionierte und sich dann zu uns umdrehte, merkten Dr. Haller und der Luftgräber, dass sich ihr Patient entfernt hatte und gefährlich nahe am Rand des Abgrundes stand. Die Beinhosen flatterten in der Thermik der Grossstadt. Keiner traute sich sich zu bewegen und alle sahen gebannt zu, wie Evas Bruder sich langsam, sehr langsam zu uns drehte bis sein Rücken und seine Absätze mit der Begrenzung der stufenhohen Steinumrandung des Flachdaches eine Linie in den Abgrund, in den tiefen Schlund einer Strassenschlucht beschrieben. Durch den Wind flackerten seine Haare wie wild lodernde Flammen hin und her. Sein Anzug flatterte wie eine Kriegsfahne im Sturm. Er breitete seine Arme aus und sah dabei aus wie der Gekreuzigte, hob den Kopf etwas empor und schloss die Augen. Unbeeindruckt vor dieser Kulisse senkte sich im Hintergrund die Sonne zum Horizont und entzog damit ihr Licht allen Lebenden und Toten. Sie saugte aus allem die Farbe und loderte dabei selber wie ein Feuerball. Jetzt öffneten sich die Lippen des Bruders und es schien, dass der zu allem Entschlossene noch etwas sagen wollte. Evas Bruder brabbelte und stotterte Wortfetzen, die man nicht zuordnen konnte. Dann hörte man: „ Ich heiße ...", die Stimme wurde lauter. „Ich, ich heiße...", zischte es durch den pfeifenden Wind. Schlagartig wurde die eiserne Tür zum Dach aufgestossen und Eva stand mit aufgerissenen Augen, offenen Mund und Entsetzen im Gesicht im Türrahmen. „Mein Lieber...", schrie sie. „Mein Lieber tus nicht... bitte!"

hc Oktober 2013

Wahlbrüder

Es wird dir nicht mehr vergönnt sein, deinen Gedanken nachzugehen wie einst in deiner Jugend. Diese bunten Gedanken waren mal himmelhoch jauchzend und mal zutiefst betrübt, bunt schillernd, voller Idealismus, gepaart mit Tatendrang und sie kamen einem immer klar, tief und kompromisslos vor. Ab einem gewissen Alter lässt diese Konsequenz der tiefen Gedanken nach. Der Geist ist zu müde, als dass er jedem verschlungenen Pfad folgen will. Er flüchtet sich in Einfachheit, Vernunft und Sinn. Vielleicht ist das die größte Gefahr, der Bequemlichkeit Platz zu machen. Nennen wir dieses Phänomen nicht „Spießertum"? Hohn der Vernunft? Der Charakter muss in dieser Zeit in jeder Sekunde auf Herz und Nieren geprüft werden, damit man nicht der Trägheit erliegt unter dem Deckmantel der Erfahrung. Man kann auch beobachten, wie man in dieser Zeit viele Anläufe braucht, um neue Taten zu vollbringen. So wie ein alter Mann, der mehrere Anläufe braucht, um sein eigenes Gewicht aus einem bequemen Sessel herauszuhieven.

Einst wollten wir die Welt erobern. Der Menschheit das Gute wiederbringen. Das Böse überall dort bekämpfen, wo wir es antrafen. Alles schien so leicht, greifbar und doch so fern. Die Ferne jedoch kümmerte uns nicht, denn wir waren wie junge Hunde, die nie aufhörten sich zu balgen, um sich mit leichter Seele und Zuversicht auf das große Kommende vorzubereiten. Alles war machbar, solange wir zusammenblieben und uns gegenseitig den Wind in die Segel bliesen. Ja, es schien, als redeten wir von Gleichem, waren wir dieselben und glaubten, unverwundbar auf Ewigkeit zu sein. Bei gleichem Charakter waren wir jedoch verschiedenen Gemütes und in dieser Verschiedenheit konnten wir alles teilen, mussten nicht konkurrieren. Vielleicht war genau das unsere Stärke. Der eine sensibel, künstlerisch, ästhetisch, einfühlsam, der andere zäh, unnachgiebig, gebildet, belesen, berechnend und der Letzte im Bunde martial, kompromisslos, treu, instinktiv, humorvoll und emotionsgeladen. Das war die Voraussetzung, um nicht gegenseitig zu konkurrieren, um in jeder Situation Wohlwollen walten zu lassen, um Neid auszuschließen, um die ganze Kraft auf ein Ziel richten zu können und damit das Höchste für uns und die Welt zu erreichen, es danach willkürlich mit demselben Atemzug einem Höheren opfern zu können. Wir hielten Vorlesungen, veranstalteten Kulturabende, veröffentlichten unsere Pläne, gründeten eine Gesellschaft, feierten groß und arbeiteten akribisch ohne Lohn und Dank. Alles war mit Erfolg gekrönt. Alles ging von der Hand. Diese Erfolge wurden von außen einerseits mit Misstrauen beobachtet und mit Spott und Missgunst quittiert, andererseits jedoch an gewisser Stelle mit Wohlwollen, Achtung und Zuspruch begleitet. Viele wollten unseren jugendlichen Elan und Tatendrang für ihre eigenen Zwecke benutzen, um damit für sich und die Seinigen Kapital herauszuschlagen. Einige wollten nur dabei sein, um diesen Fahrtwind zu spüren, die Kraft der Gemeinschaft in sich aufzunehmen, um ihrer eigenen unbedeutenden Persönlichkeit einen Standpunkt zu geben. Ja, wir wirkten wie ein Magnet auf die Gesellschaft. Genauso hatten wir eine anziehende und eine abstoßende Kraft. Je erfolgreicher wir wurden, desto größer wurde das Interesse an uns, desto geheimnisvoller wurden wir für die anderen. Bisweilen kursierten sogar die unglaublichsten Geschichten und Gerüchte um uns herum. Wir waren Gesprächsthema, Beneidete und Verachtete …

Ich kann mich an unzählige Abende erinnern, an denen wir zusammensaßen, philosophierten, Wein tranken, lachten, einer dem anderen zuhörend, bekräftigend, beschwörend, humorvoll. Nie war unsere Absicht, den anderen zu beleidigen, zu kränken, zu verletzen. Es war alles lebendig, klar und kraftvoll.

Die Realität holte uns natürlich immer wieder ein. Wir studierten, wohnten zusammen und versuchten wie Mönche zu leben. Da wir nicht viel hatten, von dem wir leben konnten, arbeiteten wir nebenher. Wir waren erfinderisch und enthaltsam. Hatten wir Geld, feierten wir und lebten wie die Fürsten in Saus und Braus, hatten wir keins, lebten wir asketisch wie Mönche von Tee und Mitbringseln unserer Gönner.

175

Es waren Zeiten der Liebe und es waren Zeiten des Kampfes. Eine Aura der Energie umgab uns. Keine Gemeinen und Gewöhnlichen waren wir, anders als die anderen, geladener, verwegener und kompromissloser, trotzdem mild und voller Wohlwollen im Inneren und hart und unerbittlich nach außen. Wir waren Freunde, ja, mehr, wir waren Brüder, „Wahlbrüder".

Mit einem jedoch hatten wir nicht gerechnet. Wir wurden älter. Der Beruf, die Erkenntnisse, die Versuchungen des einen, die Kinder, die Frau, der verblendete Starrsinn des anderen, die Trägheit, die Zukunftsangst und die Vernunft des Dritten hatten im Vorfeld schon drei verschiedene Wege aufgemalt, die immer deutlicher wurden und ihre Berechtigung forderten. Ich war das erste Mal innerlich zerrissen, hin und her geworfen, unsicher. Dies Gefühl gefiel mir ganz und gar nicht. Dieses Vorsichtige, Planende, Ängstliche, Zaudernde war mir bis dato gänzlich unbekannt. Aber die Zukunft meiner Nachkommen stand auf dem Spiel. Obwohl ich von diesem Gedanken zwar zu neuen Taten beseelt war, hatte ich doch noch nicht mal Nachkommen. Seltsame Zeiten der Realität, der Stabilität, der Vernunft sind angebrochen. Nichts wollte uns gelingen. Zerbrochen wie ein Krug in Scherben. Zerborsten, gebrochen ob der schleichenden Realität, der Vernunft. Der eine verflüchtigte sich in seiner Starre in die Vergangenheit, verhinderte jede Innovation, lebte nicht mehr im Jetzt, sondern flüchtete in seine Werke, flüchtete in die Familienharmonie. Der andere jagte nach Glück, suchte nach dem Verlorenen mit der Gewissheit, es nicht zu finden. Der Dritte war der Erfolgreiche im Materiellen und musste sich im Geistigen in der kantigen und rauen Welt behaupten, ohne an dieser zu zerbrechen. Aber alle bewusst ihres Handelns und überzeugt ihrer Wege. Eins hatte dies gemeinsam mit den Anfängen. Sie waren wieder alle absolut überzeugt von der Richtigkeit des neuen Weges und alle wussten ob der Gefahren. Das Wohlwollen verschwand wie die Sonne hinter den Wolken. Einstige Schwüre galten nicht mehr, sie lösten sich vielmehr in endlosen, selbstgefälligen und selbstgerechten Diskussionen auf. Seltsame Wege, seltsame Gedanken, seltsames Ende.

Wir bogen in dieser stillen Nacht in die vom Regen nass glänzende Straße ein, welche zu unserem Stammgasthaus führte. Beide schwiegen wir still und hatten uns nicht viel zu sagen. Durch den Regen war alles irgendwie kälter als sonst. Die Laternen strahlten ihr kaltes Licht auf die feuchte Straße, sodass die Nacht heller schien. Die Bäume, die ihre Blätter schon längst abgeworfen hatten und nun nackt auf den Winter warteten, trugen zusätzlich dazu bei, das Unwohlsein zu steigern. Man roch den Herbst im Rachen und spürte den Herbstwind in den Gliedern. Da es ein beliebiger Tag unter der Woche war, waren die Straßen leer und trostlos. Nur die warmen Lichter des Gasthauses waren einladend und trostspendend. Und als wir dem Licht näher kamen, gingen wir schnelleren Schrittes dem Warmen entgegen, damit wir dieser unbehaglichen Kälte schneller entkommen konnten. Ich hatte den Kragen meines Mantels hochgeschlagen und meine Hände tief in den Manteltaschen vergraben. So konnte ich mich gegen das nasse Kühl wehren und freute mich schon auf ein warmes Abendessen.

Jeder von uns versuchte seine Gedanken zu sammeln, um dann im Gasthaus alles zu sagen, alles, was bedrücken würde, was Ballast war, sich endlich dem anderen mitzuteilen, in einem offenen Gespräch, vielleicht sogar ein letztes Ma(h)l. Vielleicht aber würde dieses Gespräch, welches wir beide gesucht hatten, einen Neubeginn einleiten, die verstarrten Meinungen über den anderen in einem neuen Licht erscheinen lassen, um gemeinsam an dieser letzten Herausforderung zu wachsen. Vielleicht sogar alle wieder zusammenbringen und damit auch den Dritten im Bunde, der schon längst verzagt hatte und seine Konsequenz in der Flucht sah, wieder einzubinden. Denn dieser war zu fein und zu sensibel, als dass er weiterhin im Trümmerfeld unserer Vergangenheit leben wollte. Man konnte eine Wiedervereinigung nur bewerkstelligen, wenn jetzt große Toleranz und Wohlwollen wieder in die Herzen einkehren würden. Es war sicherlich über die letzten Jahre nicht alles Gold gewesen, was glänzte. Nein, im Gegenteil, vieles wurde aus Liebe und Rücksicht gegenüber dem anderen verschwiegen und unter den Tisch gekehrt. Man sah über Dinge hinweg, die man hätte im Keim bekämpfen müssen. Wenn man so will, ein Sieg der Gleichgültigkeit. Dann hatten noch andere, unwichtigere Menschen plötzlich an Bedeutung gewonnen. Diese hatten sich zu Wort gemeldet, um auch ihren Standpunkt kundzutun. Anders als sonst sind diese Meinungen trotz Belanglosigkeit beachtet worden, mit einem Wert bemessen worden, dem früher sonst keine große Achtung geschenkt worden wäre. All dies ging mit einer großen Verschwiegenheit gegenüber dem Betroffenen einher. Aber ich will nicht urteilen, vielleicht haben diese Meinungen, diese viel zu vielen Meinungen, das Ganze in ein Licht der Objektivität gerückt, vielleicht aber auch durch die ewigen Geheimtuereien eine Freundschaft auseinandergebracht, die dieser Art der Unterwanderung nicht standhielt. Man stieß sich an manchem Verhalten, welches früher nie eine Rolle gespielt hätte. Einige Gebärden wurden untragbar. Kleinigkeiten und Wortklaubereien waren an der Tagesordnung.

Mit diesen Gedanken öffnete ich die Tür und ein warmer Schwall aus Bierdunst und fettigem Essen kam mir entgegen. Im Sommer wäre mir das zwar sehr unangenehm gewesen, aber jetzt im Herbst gab mir diese Atmosphäre eine gewisse Behaglichkeit. Die Wärme und die Aussicht, eine warme Suppe zu bekommen, lösten in mir eine gewisse Vorfreude aus. Vor allem konnten wir uns endlich in aller Ruhe aussprechen, so dachte ich jedenfalls. Es kam anders als beabsichtigt. Zwar bekam ich die Suppe, aber diese schmeckte mir immer weniger, je länger unser Gespräch dauerte. All die Gedanken, die mich bis hierher begleitet hatten,

waren ausschließlich meine eigenen Hirngespinste gewesen. Dass wir uns aussprechen oder vielleicht sogar
neue Ziele stecken würden, waren allein meine Gedanken und diese wurden nicht geteilt, im Gegenteil, alles
deutete auf eine Verhärtung der Fronten, auf den letzten Stoß ins Ungewisse, auf die Auflösung aller Werte.
Damit hatte ich nicht gerechnet.

„Na ja", eröffnete er mit einer unzufriedenen
Stimme, dabei rutschte er auf seinem Stuhl hin und
her, als würde er auf einem spitzen Gegenstand sitzen.
„Es ist schon eine lange Zeit vergangen, seitdem wir
nicht mehr miteinander gesprochen haben", fuhr er
fort und konnte mir dabei nicht richtig in die Augen
sehen. Er war sehr unruhig, als hätte er ein schlechtes Gewissen, als würde eine schwere Last auf seinen
Schultern liegen. So kannte ich ihn nicht, so schweren
Herzens, so im Zweifel, so im Kampf mit seinen Worten. Seine ganzen Gesten, sein Gehabe, seine gewisse
Art der Arroganz waren mir gänzlich unbekannt. Es
schien, als musste er Dinge sagen, welche gegen seine eigenen Überzeugungen gingen. Als hätte ich mit
jemand anderem gesprochen. Hatte ich diese Seiten
an ihm nie bemerkt oder gar wissentlich übersehen?
Bei einem hatte er jedoch recht: Es musste tatsächlich
schon eine ganze Weile her sein, wo wir uns das letzte Mal gegenübersaßen und ohne Zuhörer sprechen
konnten. Ich versuchte seine Motivation zu verstehen,
weshalb er meine Person scheute, nichts Liebenswür-
diges aus meinen Worten entnahm, welche ich ihm

immer wieder versuchte entgegenzuhalten. Kurz gefasst habe ich dann noch versucht den ganzen Abend zu erklären, dass ich mich nicht verändert hätte und dass er mit verschiedenen Wahrnehmungen von damals und heute zu kämpfen hätte. Schnell merkte ich aber, dass dies kein Gespräch werden sollte, sondern eine Darstellung der Standpunkte, erhaben jeder Kritik und bar jedes Neubeginns. Es war an uns vorübergegangen, dass wir seit langem verschiedene Wege gegangen waren und nur noch wenige Gemeinsamkeiten hatten. Vielleicht war aber genau dies der Grund, dass man den anderen aus einem unterschiedlichen Standpunkt sehen konnte. Diese Einsicht hätte uns bei gegenseitiger Kritik sicherlich weitergebracht und die Freundschaft auf eine neue, noch stärkere Ebene gehoben, aber stattdessen bin ich den Rest unserer Aussprache und damit den Rest des Abends zum Zuhörer geworden. Ich spürte die Strenge in seinen Tönen gegen sich, gegen mich und die Welt. Verbittert klang er, sich selber Hoffnung machend, aber im Wissen um das Ende und unwissend der Zukunft, innerlich zerrissen und äußerlich den Schein wahrend. Und als er mit den Worten „… und das bricht mir mein Herz!" endete, erkannte ich ihn wieder, als den alten jovialen Bruder, den man gern an seiner Seite hatte, mit dem man alle Kämpfe ausstehen konnte, der nun aber unwiederbringlich alleine seiner Wege gehen wollte.

Als ich mich von ihm verabschiedet hatte und den ganzen langen Weg alleine nach Hause zurückgelegt hatte, kam ich etwas geknickt in meiner kleinen Wohnung an. Und als ich dann endlich mit einem Tee in meiner Küche saß, spürte ich eine brennende Wut und gleichzeitig Bedauern. „Schade, schade, unendlich schade …", murmelte ich die ganze Zeit vor mich hin, wissend meinem Wahlbruder nie wieder zu begegnen, nie wieder leidenschaftlich über unsere Pläne zu reden und uns nie wieder gegenseitig den Wind in die Segel zu blasen. Damit haben wir endgültig die Chance vertan, die Speerspitze einer neuen stärkeren, wahreren, gütigeren und wohlwollenderen Generation zu sein, deren einziges Bestreben es gewesen wäre, das Gute, Schöne und Edle zu bewahren, zu erhalten und weiterzugeben. Weiter will ich diese Geschichte nicht erzählen, obwohl es noch viel zu sagen gäbe. Sie soll auch noch ihre Geheimnisse in sich tragen, wie der Sonnenuntergang am Meer, wenn nach den letzten Strahlen der Sonne das Grau sich über die Unendlichkeit ausbreitet. Auch die Gerechtigkeit hat ihren Anspruch, denn Freundschaft bedeutet vor allem Gerechtigkeit und Hilfe, weiterzumachen, zueinander zu stehen und auch in schwierigen Fällen ein „Trotzdem" auf den Lippen zu haben, sodass man mit einem weinenden Auge in die Vergangenheit und einem lachenden in die Zukunft blicken kann.

hc Juli 2002

Meine Liebe

(Nina: Ein Liebes-Slam)

Ich bin das Licht, das Licht, das Licht, das Licht, das leuchtet, wenn deine klare Stimme zu mir spricht.

Ich bin das Licht, das Licht, das, wenn es auf dich trifft, zu allen Spektralfarben bricht. Wenn deine sternenwachen Blicke und dein sonnenklares Lächeln mich zu unermesslichen Taten anstecken, das Beste und Edelste in mir wecken und nur wenn wir gemeinsam wundersame Pläne aushecken, weiß ich,

Ich bin nur das Licht, das Licht, das Licht das nur leuchtet, wenn dein Herz mir Liebe verspricht. Und so strahle ich in deinen Armen, die mich mit Wärme zudecken und mich umgarnen, werde in Zukunft weder frösteln noch frieren, werde mich in deinem Herzen einquartieren, werde nie wieder gehen und mich in dir verlieren.

Ich bin das Licht, das Licht, das Licht, das, wenn es auf dich trifft, zu allen Spektralfarben bricht; zu sanften Farben, nicht grell, vielmehr so sanft wie ein Tigerfell. Mit dir gibt es keine dunklen Stellen im Leben, aller Nebel wird endlich hell.

Ich bin das Licht, das Licht, das nur leuchtet durch deine Zuversicht. Und wenn Blütenblätter in deinen Haaren sich fangen und deine liebevollen Hände mein Strahlen auffangen, leuchten wir vereint wie Sternenkinder gleich unbefangen, sodass unser Licht zu den buntesten Farben bricht, hell durch jede Nacht blinkt und ein Regenbogen so groß und so schön aus unserer Mitte entspringt.

Unsere Liebe ist das Licht, das Licht, das Licht …

hc Mai 2013

Das zweite Gesicht

Möglicherweise ein Märchen
(nicht bewusst erzählt)

Er sei wieder dort, hatte man mir erzählt. Wieder am Ursprung habe er die Münzen gezählt. So wurde mir damals berichtet. Er ginge nicht mehr weg und bliebe jetzt für immer. Es ginge ihm dabei nicht mehr um Schuld oder Unschuld, sondern um eine umfassende Aufklärung seiner Taten.

AtradiS, ein schlanker, drahtiger junger Mann, lag an irgendeinem Strand, irgendwo, an irgendeinem Meer und schlief. Die Sonne hatte sich in einen blutroten Mantel gehüllt und schien, als würde sie aus dem Meer herauslodern. Der Morgen war angebrochen und die ersten Sonnenstrahlen weckten AtradiS. Voll Besorgnis sah er in die Ferne. Auf seinem schmalen und aufrichtigen Gesicht schien Kummer zu liegen. Er erinnerte sich an seinen Traum, den er in dieser stürmischen Nacht geträumt hatte. Er hatte von einem Jungen geträumt, der aus seinem Dorf auszog, um seine Aufgabe zu erfüllen. Dieser Jüngling hörte auf den Namen OnadroiG dem Wissenden über die zwölf Felder. Der Traum hatte AtradiS in eine Landschaft geführt, die einer Wüste gleich trocken und öde war. Nichts schien hier zu gedeihen. Die Sonne versengte alles Leben. Aus diesem Dorf, auf die die Sonne so erbarmungslos herabschien, stammte OnadroiG, ein mutiger Junge, der im Zeichen des Löwen geboren war. Schon im Kindesalter schien er eine starke Persönlichkeit zu verkörpern. Er lauschte immer gespannt dem Rat der Alten und schlug dann die vielen neuen Wörter, die er gehört hatte, in den Büchern des Vaters nach und versuchte diese dann beim Erzählen von Geschichten einzubauen. Er war ein hochgewachsener, hagerer Junge, der nicht sonderlich gutaussehend war, dafür aber eine magische Anziehungskraft besaß. Sein Redetalent hatte er von seinem Vater und die athletische Ausdauer von seiner Mutter. Obwohl oder vielleicht gerade weil er nicht sehr kriegerisch war – Konflikte hatte er fast ausschließlich friedlich gelöst –, verhalfen ihm all diese Eigenschaften schnell zu Ansehen und Respekt. Er war immer Mittelpunkt seiner Freunde und wurde schnell zum Anführer bestimmt.

AtradiS sah in dem Traum auch sein eigenes Zeichen. Dieses Zeichen hing an einem Lederriemen auf der Brust des freimütigen OnadroiG. Es war das Zeichen des Jupiters. Dieses Zeichen hatte OnadroiG von seinem Großvater geerbt. Es sollte ihm den Weg des Gerechten zeigen. AtradiS war im Zeichen des Jupiters geboren und kannte diesen Weg des Jovialen. Da er auch wusste, in welcher Zeit OnadroiG lebte und welche Widrigkeiten diese Zeit und dessen Gesetze bargen, konnte das Vorhaben des im Zeichen des Löwen Geborenen nur Unglück bringen.

Man berichtete mir weiter, dass seine Beweggründe seine Taten rechtfertigten. Nichts ginge ihm näher als das Hüten des Erbes der zwölf Felder. Für jedes Feld eine Münze. In Gold habe er sie getaucht, veredelt und verewigt. Jetzt warte er auf seine Zeit und hoffe auf ein mildes Urteil.

Als AtradiS sich erhob, um sich wieder auf den Weg zu machen, stand die Sonne im Zenit und schien mit ihrer ganzen Kraft. Der Himmel war ganz ohne Wolken und hatte eine triumphierend strahlend blaue Farbe. Seine Füße waren von den langen Wegen dieser Welt gezeichnet, doch musste er weiter. Sein Gang war trotz der Strapazen aufrecht und zielsicher. Sein Blick, dem nichts entging, war gen Horizont gerichtet und seine hellblauen Augen spiegelten den Himmel wider. Er war an vielen Orten seines Kontinents und predigte über den Sinn des Lebens. Er erzählte den Menschen leidenschaftlich über Liebe und Frieden. Viele Jünger begleiteten damals seinen Weg durch den Nihilismus dieser Welt. In den letzten Jahren war er aber kein Prediger mehr. Er hatte sich der Menschheit entsagt und hatte seine Jünger verlassen, um sich ganz der Meditation hinzugeben und sich selber zu vergessen. Nach Jahren des Meditierens begegnete er in seinen Visionen zum ersten Mal OnadroiG. Nach dieser Begegnung wusste er, dass sein Gedankengut auch die

Menschen in der Zukunft tragen werden.

In irgendeinem Dorf angelangt, unweit vom Strand, an dem die Welt zu Ende ging, hatte AtradiS eine Vision von einem alten Mann, der auf dem staubigen Boden saß. Ein alter Mann, seinen Rücken an eine kühle Wand gelehnt, sodass das Dach aus Papier ihn vor der sengenden Mittagssonne schützte. AtradiS träumte, wie dieser Mann ein grünes Tuch, welches er um den Hals trug, sorgfältig vor sich ausbreitete und unmerklich etwas hineinlegte. Regungslos saß er inmitten der Menschen, ohne diese wahrzunehmen, so wie auch er nicht wahrgenommen wurde. Die Augenlider gesenkt, sah er aus, als würde er schlafen. Aber er schlief nicht ganz, im Gegenteil; er war hellwach. Durch seine Augenlider sah er in ganz andere Welten, eine Welt, in der es einen OnadroiG, und eine andere, in der es einen AtradiS gab. Er war der Wächter der Zwischenwelt und hörte auf den kauzigen Namen GnigI. Er war sozusagen der Herrscher der Träume und Visionen.

GnigI berichtet: Der lang ersehnte Freund ist angekommen zu richten und zu lehren. Die Hand wird er ihm reichen, seine Last mitzutragen. Stützen wird er ihn den ganzen Weg bis dahin …

Wenn aber IkoL, eine große, grobe Chimäre, der nur Arges im Schilde führte, der gekommen war, das Dunkle wiederzubringen, um für den Triumph der Bestie zu sorgen, den jungen OnadroiG durch eine List in seine Falle locken könnte, würde er die

Menschheit wieder ins Dunkel stürzen, wie er es einst schon getan hatte.

AtradiS sah die Feuerfalle. IkoL hatte hierfür einen Saal gebaut, der Sonne fern, am Totenstrand, das Tor nach Norden. Tropfendes Gift träufte das Dach. Die Wände waren aus Schlangenleibern. Nur der Stolze und Rechtschaffene würde durch dieses Tor eintreten und in die Falle tappen.

GnigI sah, wie AtradiS nur langsam vorankam und machtlos zusah, wie OnadroiG bereitwillig den Richtern gegenübertrat. Es schien, als würde die Hilfe des Seelenverwandten zu spät kommen.

AtradiS setzte sich nun ebenfalls zu Boden. Er sah auf das grüne Tuch. Drei Münzen aus Silber lagen hier. Er nahm sie in die rechte Hand, warf sie aus dem Handgelenk zu Boden und sah dabei in die Zukunft. Er sah OnadroiG vor Gericht stehen und die Wahrheit sprechen, über Recht und Gerechtigkeit und die Münze flogen. Er sprach über das Erbe und die Urbilder und die Münzen flogen. Er drängte, er beschwor, voller Leidenschaft, selbstlos ohne Arg und ohne Gram und die Münzen flogen. Doch würde er weitermachen, würde die drohende Bestie triumphieren. Die Falle würde zuschnappen und alles wäre umsonst und die Münzen fielen.

Es hülfe nur das Feuer der Erinnerung, so erzählte man mir weiter. Und nur dann ginge es weiter. Das Erbe trügen sie weiter in die nächste Ebene. Der

Druck hätte es veredelt und der Schliff käme aus dem Atem der Götter, so sagte man.

Doch AtradiS konnte nicht glauben, was er da sah. Nach all dem Schrecklichen, was noch bevorstand, sah er einen Saal sonnenglänzend mit Gold gedeckt. Er sah dort wackre Schare wohnen, der Freude walten in fernster Zeit.

OnadroiG merkte, dass seine Vorahnung, die er hatte, ihn wohl doch nicht getäuscht hatte. Nicht Richtern stand er gegenüber, sondern Meineidigen und Mordtätern. Diese kamen zusammen, nicht Freispruch und Anerkennung zu verkünden, sondern das Urteil Tod und Untergang zu verhängen.

Die Geschichte scheint sich dem Ende zu neigen. Es wäre aber zu einfach, wenn diese hier zu Ende wäre. Mitten im Kampf um Gut und Böse. Deswegen wird sie auch weitergeschrieben. Aber nicht von mir.

Das Ringen, Hauen und Stechen um Macht geht immer noch weiter und wird immer weitergehen, solange es Menschen gibt, die unangemessen die Macht an sich reißen wollen, solange im Gegenzug das Lachen und die Freude nicht versiegen, wird weitergeschrieben. Sie wird in diesem Augenblick weitergeschrieben ... von Chronisten, Philosophen, Sehern und Literaten. Irgendwo sitzt jetzt einer und schreibt ...

hc November 2012

Perspektive

Rastlos mit einem Schuss Wahn, dessen Schatten sich auf meine Mitläufer legt, war die erste Einsicht, dessen Perspektive ich bis heute nicht einzuschätzen weiß. „Weit hergeholt und doch so nah", sprachen sie mir wohlwissentlich nach, dass ich es ihnen nicht verübeln kann, mich in solch einer Situation zu zitieren. Die Füße taten unterdessen so weh, dass sich meine Gedanken mehr der Physis als der Psyche verpflichtet fühlten. Ein Mehr ein „Jetzt" als ein „Vielleicht morgen". Obwohl sie ja alle mitliefen. Manchmal wie Soldaten im Gleichschritt und manchmal wirr wie das Prasseln von Regen aufs Zeltdach oder so, denke ich mir. Ja, „ich denke mir". Manchmal „denke ich auch mich" oder „mein". Bin ich deswegen? Darf ich sein? So unbeholfen mitten unter den Mitläufern, so verschwitzt, so intim? Ist es nicht besser, neben den Nebenläufern oder gar dagegen, sich entfernend in der Zeitachse zurück, nämlich dorthin, wo alle herkommen, zu laufen. Gibt es dort die Antwort auf die Frage, die wir uns alle stellen und auf die wir nie eine Antwort erwarten?

Bin ich lebendig begraben oder hab ich nur die Decke über den Kopf gezogen? Vor allem, worin liegt der Unterschied? Der feine Grat, der die Grenzen des Bewussten überschreitet und sich ins Chaos auflöst. Das üppige Durcheinander des Unbewussten, jenes uns nie vorstellig werdende, aber dennoch unglaublich reale, mannigfaltige und facettenreiche, dabei sich nie in irgendwelcher Form fehlverhaltende Etwas, dessen alleiniges Dasein uns unbewusst ist und dessen Oberfläche wir als das Unbewusste erahnen, könnte doch Grund genug sein, die Decke über den Kopf zu ziehen.

Die Absurditäten des Lebens haben uns doch zum Verschnaufen und zur Zeitlosigkeit gebracht. Der groteske Gedanke dessen Warten auf die da kommenden Mitläufer manifestiert sich ebenso im Urbild unseres durch die Zeit Laufens wie das skurrile monotone Laufen sich selbst im Nichts auflöst. Ja, ich höre ebenso gern das Gras wachsen wie die drei „S": Spiel, Satz und Sieg. Nur hab ich das nicht gewusst. Das Kontemplative und das Aktive, Systole und Diastole. Ich hab's wirklich nicht gewusst, obwohl sie's mir ja alle erzählt haben oder besser haben wollten. Kann mich nicht erinnern. Hätte ich es gewusst, vielmehr erfühlt, erlebt bis ins Binäre, ja sogar weiter, ins Einstellige ertastet, was wäre dann? Wieder laufen oder weiterlaufen? Nicht stehen bleiben, immer schön einatmen und ausatmen, und zwar schön abwechselnd. Trotzdem weiter, auch wenn hier jetzt das Gerät neben meinem Bett mich mit seinem „Bib, bib, bib, bib, bib ..." etwas irritiert, auch wenn es leiser wird, wenn ich die Decke über den Kopf ziehe, so sagt mein Hirn durch einen etwas verworrenen und verschlüsselten Pfad: Du bist! Was, wieso und wie viel muss ich schon selber herausfinden. Soll ich … sollte ich … könnte ich … mag aber nicht!!!

hc Januar 2010

Ausfahrt verpasst

Alles eingepackt. Die Koffer wurden verstaut. Das Auto nochmals auf Herz und Nieren geprüft. Wie damals, als ich mit meinen Eltern Jahr um Jahr wie Nomaden gen Süden gefahren bin. Diesmal würde ich alleine fahren. Muss nun die Ein- und Ausfahrten selber finden. Mich selber verpflegen und selber an alles denken. Ich mach mich auf die Socken. Rauf auf die Lebensstraße. Das Herz am Gaspedal und die Hände am Steuer. Diesmal ist im Gepäckraum die Persönlichkeit, als Beifahrer der Charakter und das Temperament unter der Motorhaube. Leidenschaft heißt die Autobahn. Ahnungslos ist das Ziel.

Ich fahre auf dieser Autobahn vergessen und gedankenlos. Ich weiß nicht mal genau wohin. Ich hab nur so eine Ahnung, wie der Ort aussieht, wo ich hinwill. Aber mir scheint, dass ich hier irgendwie nicht ganz so verkehrt bin. Hier auf dieser Autobahn ist es ständig Winter und ich will eigentlich auf eine Autobahn, auf der es warm ist. Deswegen fahr ich gen Süden. Zum Trost gibt es hier keine Staus, die mich aufhalten, jedenfalls bisher nicht. Ab und zu haben wir zäh fließenden Verkehr, dabei kann man kurzfristig nicht überholen und man ist gezwungen, sich hinter die anderen zu reihen, aber alles ohne große Zwischenfälle und dem Himmel sei Dank auch ohne Unfälle, jedenfalls keine, in die ich verwickelt bin. An den Blechschäden der anderen fährt man unberührt vorbei. Und an anderen Karambolagen möchte man stehen bleiben und helfen. Man ist entsetzt, aber verständnislos. Es ist meistens diese Art von Unfällen, bei denen man froh ist, dass es keine Toten gibt, aber man trotzdem über die Dummheit der Fahrer fassungslos ist. Meine Autobahn ist schön glatt, relativ solide ausgebaut, nur an einigen Stellen ausgebessert und gut beschildert. Einige fahren neben mir her und andere wiederum biegen nach geraumer Zeit in eine Ausfahrt ab. Es sind lauter schöne Ausfahrten, an denen die Leute herausfahren, wahrscheinlich zu ihren Familien, Angehörigen oder manchmal auch zur Arbeit oder nur zu Besuch oder aber einfach nach Hause. Wahrscheinlich befinden sich schöne Städte und prächtige Landschaften hinter all diesen Ausfahrten, sonst würden die Menschen ja einfach weiterfahren. Ich fahre lieber weiter, aber die Ausfahrten werden immer weniger. Ein schnelles, temperamentvolles Fahren zwingt mich oft auf die linke Spur. Natürlich nur solange es der Verkehr möglich macht. Zeitweise muss ich sehr viele Autos überholen. Nicht alle machen Platz. Obwohl es manchmal ein ganz schöner Kampf ist, der mir mein ganzes Können und meine ganze Konzentration abverlangt, lasse ich mich nicht beirren und fahre einfach

weiter. Vielleicht gibt es ja dann auch irgendwann keine Ausfahrten mehr. Und was dann? Nein, nein, ich habe ein schönes Auto, das mir Sicherheit und Freiheit gibt. An den Raststätten fahre ich ebenfalls vorbei. Diese sind mir zu schmuddelig und überlaufen, aber auch diese werden immer rarer. Bald muss doch meine Ausfahrt kommen. Ich fahre im Regen und freue mich auf die ersten Sonnenstrahlen. Ich bin schnell unterwegs, fahre jedoch nicht am Limit. Warum auch? Manchmal bewundere ich die, die einfach aufs Gaspedal steigen, als gäb's kein Morgen. Es ist die Grenze zwischen vernünftigem und riskantem Fahren. Beneidenswert, wie die alle überholen und schon am Ziel sind und wir hier immer noch auf der Straße herumlungern.

Als ich mir so denke, dass, wenn ich so am Limit fahren würde, wahrscheinlich die Angst immer mitfahren würde, merke ich nicht, wie die Zeit vergangen ist, und eh ich mich versehe, ist mein Tank leer.

Am Seitenstreifen komme ich unverhofft zum Stehen. Ich steig aus meinem warmen Auto und blicke die Autobahn entlang. Hab ich meine Ausfahrt verpasst? Ich werde mich wohl nach einer SOS-Säule umsehen müssen. Die werden mich bestimmt auslachen. Kein Sprit und das auf der Autobahn. Vergessen zu tanken. Wie kläglich. Nur weil ich nicht auf die Anzeige meiner Reserven geachtet habe und zu träumerisch über die Autobahn glitt. Es geschieht mir schon recht, dass ich nun zu Fuß meine Ausfahrt suchen muss, oder soll ich doch lieber auf Hilfe warten? Der Nebel hat sich über die ganze Gegend gelegt und die Motorhaube dampft in der frostigen Kälte. Der Sitz ist noch ganz warm und die Stille im Wagen ist verführerisch behaglich. Die Kälte muss ich nun wohl oder übel ertragen. Auf einer Autobahn in wärmerer Gegend wäre dies sicher leichter zu ertragen gewesen. Ich weiß, es wäre angenehmer und sinnvoller, auf Hilfe zu warten, als zu Fuß den langen Weg auf dem Seitenstreifen entlang der Autobahn zu gehen. Heißt ja nicht umsonst Standspur. Aber wer würde denn schon einem Menschen helfen, der erst alles überholt und dann wegen eines leeren Tanks liegen bleibt. Nein, nein, die würden sich wahrscheinlich ins Fäustchen lachen und sich dabei denken: „Wäre er vernünftig mit seinen Reserven umgegangen, dann hätte er es auch bis zur nächsten Tankstelle geschafft. Wir müssen uns alle an dieselben Spielregeln halten, sonst wird das bestraft." Ich muss weiter. Ich kann nicht hier auf Moralapostel warten, die mir so oder so nicht weiterhelfen. Ich wüsste nicht einmal, ob ich mir überhaupt von solchen helfen lassen würde. Nein, nein, ich muss weiter. Ich weiß nur nicht in welche Richtung. Vor, um nach meiner Ausfahrt zu suchen, oder zurück, um nach einer verpassten Ausfahrt Ausschau zu halten. Manchmal gibt es keine richtige Entscheidung. Es gibt nur die, die wir schon immer in uns getragen haben, ob nun vor oder zurück …

An die Edlen

Bis ins Mark der Finsternis stoßen,
ohne sein Haupt zu senken.
Das verlorene Wohlwollen in die
versteinerten Herzen zu lenken,
danach lass uns mit Würde und
tiefer Ehrfurcht trachten
und mit demütigem Ernst die Urbilder
unserer Ahnen achten.

Nie wollen wir die gesegneten Waffen
unserer Seele strecken,
geloben feierlich uns gegenseitig vom
lähmenden Schlaf der Zeit zu wecken.

Zu brechen den Arm der drohenden Bestie –
dies sei ein Ziel aufs Innigste zu wünschen.

hc Oktober .2000

Nachwort

Version 1

Der durch dschungelartig verrangte, undurch-dringliche Gedankenschwermut geplagte einst so vermeintlich klare Geist der Jugend scheint sich in nebulösem Dunst des grauen Alt stetig zu verirren. Wie leicht war es früher, klare Gedanken zu fassen, an der Endlichkeit zu zweifeln, die Zukunft in der Zukunft zu wähnen. Man hatte je schon mindestens zweimal bis unendlich gezählt und war immer noch nicht müde, Prinzipien und Ideale aufzumalen. Doch jetzt, Jahre später und der Verzweiflung näher, ist die Unendlichkeit nur eine Hülle, eine Grenze, ein Platz-halter der Jugend, ein oberflächliches Wort für „immer weiter", eine Lüge, die wir früher jeden Tag gebetet haben und nun wie ein schal und warm gewordenes Bier nur mit Widerwillen hinunterwürgen. Wir tun es eben nur, weil es uns betäubt, nur damit wir wieder an jenem Gefühl des Vergangenen teilhaben, uns erinnert fühlen oder zumindest die oberflächliche Haptik jener Struktur, die uns bis dahin unser Leben lang beglei-tet hat, wieder zu erfahren. Sinn und Unsinn dieser Begegnung einer Person mit sich, seiner vergangenen

Jugend und des drohenden Alters sind der Beginn jener Tragödie, die uns meist in dieser Welt vom Regen in die Jauche führt. Sturm und Drang stehen Weisheit und Abgeklärtheit gegenüber. Wohlwollen und Stoizismus lösen Jähzorn und Begeisterungsfähigkeit ab.

Ein anderer Versuch, ein Nachwort zu schreiben, sollte vielleicht mit etwas Pathos beschwert werden … möglicherweise so oder so ähnlich …

Version 2

Mit der letzten Geschichte schließt sich wieder das Tor zu den bunten und phantastischen Orten meiner Welt. Doch jedem, der wieder nach Eintritt sucht und erneut die kleinen Geschichten aus der dunklen Ecke ans Tageslicht bringt, wird auch mit weit offenem Tore Eintritt gewährt. Es ist das Tor der Freundschaft, geschmiedet aus Gelassenheit, und dessen Schwelle birgt Heiterkeit. Du hast diese Schwelle unmerklich betreten, bist hinein, dann hindurch und am Ausgang erwartet dich der Eingang; doch blickst du zurück, gibt es keinen …

So oder so ähnlich sollte man Nachworte wohl formen. Ich weiß es aber nicht. Leider fehlen mir jegliche Quintessenz und jegliche Lösung dieses „Jekyll & Hyde"-Phänomens. Ich habe Geschichten geschrieben, die nach dem Inhalt mein Heranwachsen bebildern, aber zu der Zeit, als sie geschrieben worden sind, war ich Kind, Jugendlicher oder alt.

Ich habe keine Antwort, keine Lösung.

Hakan Cesur 2010

Limitierte signierte Auflage

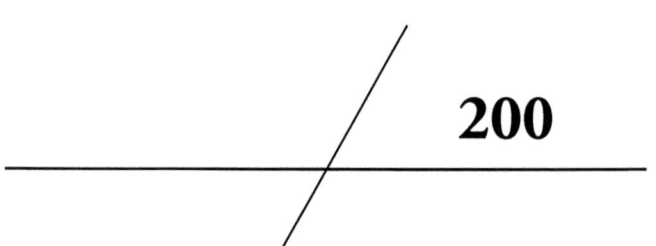

200